El canto del cisne

T0284644

Editorial Bambú es un sello
de Editorial Casals, SA

© 2022, Núria Pradas, por el texto
© 2023, Roser Vilagrassa, por la traducción
© 2023, Editorial Casals, SA, por esta edición
Casp, 79 – 08013 Barcelona
editorialbambu.com
bambulector.com

Ilustración de la cubierta: Ignasi Font
Diseño de la colección: Estudi Miquel Puig

Primera edición: septiembre de 2023
ISBN: 978-84-8343-948-7
Depósito legal: B-12993-2023
Printed in Spain
Impreso en Anzos, SL
Fuenlabrada (Madrid)

El papel utilizado para la impresión
de este libro procede de bosques
gestionados de manera sostenible.

El canto del cisne

Núria Pradas

EDITORIAL

Prólogo
Madrugada del sábado, 30 de marzo de 2019

Lago Bosbaan en el Amsterdamse Bos de Ámsterdam.
Aaron.

Le gusta este parque desde que era pequeño. El Amsterdamse Bos es una maravilla. Ha venido infinidad de veces, pedaleando los cuatro kilómetros que lo separan del centro de Ámsterdam. Ha recorrido todos sus rincones. Ha navegado con las barquitas de alquiler por el lago Bosbaan. Como hoy.

Hace un día bonito, aunque frío. Ahora que el sol empieza a esconderse, la temperatura ha caído en picado. Tiene un escalofrío, pero no sabe si es por la temperatura. El lago se ha vaciado de barcas. Se queda mirando las nubes que corren por el cielo, oscuras, persiguiéndose las unas a las otras, juguetonas.

Ha superado todas las pruebas. Los administradores están contentos. Y, por lo que le han dicho, ÉL está orgulloso y Aaron es un ejemplo para su hermano. Ha escrito que no todo el mundo tiene el valor de llegar hasta el final con tanta valentía y destreza. No obstante, ahora queda la prueba más dura. La última.

La definitiva.

Aaron saca el móvil del bolsillo de la chaqueta. El pequeño movimiento de su cuerpo provoca un leve balanceo en la barca. Las aguas eternamente silentes no protestan. Pero ha sentido una punzada en el corazón.

Cuando se calma, busca los últimos mensajes del chat del grupo de WhatsApp. No le hace falta repasar las instrucciones, marcadas de sobra en el cerebro. Pero pasar los ojos por la pantalla lo tranquiliza.

En cuanto termina de revisar los mensajes del grupo, busca el chat de su hermano.

> No te olvides de comprar el pan al salir de clase. ✓✓

Le ha escrito hace horas. De pronto, estas palabras lo invaden de una ternura desconocida que no es capaz de identificar. Pero intuye que lo que siente podría alejarlo de su objetivo.

No se puede distraer. El tiempo se acaba. Escribe en el chat del grupo:

> Ya nada tiene sentido. Fin. ✓✓

Se hace un *selfie* rodeado de la soledad del lago, que empieza a teñirse de un azul oscuro casi negro. Su dedo índice se queda unos segundos en el aire, indeciso. Finalmente, le da a la flecha de enviar. Sabe que deben difundir todo lo que hacen. Igual que han hecho los que lo han precedido. Igual que harán los que vengan después.

Ya está, no hay marcha atrás.

Vuelve a guardarse el móvil en el bolsillo.

Se levanta y se inclina hacia delante. La barca se mueve inquieta.

Y se lanza al agua.

PRIMERA PARTE

«Vendrá la muerte y tendrá tus ojos».
CESARE PAVESE

Madrugada del sábado, 6 de abril de 2019

Interior. Sala de estar de un piso de estudiantes: pequeña y desordenada. Mía y Greta vienen de la calle. Parece que discuten.

–¡Me pongo como me da la gana!

Mía grita fuera de sí. Entra en la sala. A través de la estrecha ventana que da a una calle tranquila del barrio de Sant Andreu, se filtra el ruido de un tráfico distante y el leve resplandor de la luna. La chica enciende las luces y todo adquiere un tono amarillento. Casi sucio.

Está muy enfadada; tiene los ojos inyectados de rabia y le tiembla el cuerpo. Tira el bolso sobre el sofá destartalado.

–No sé qué te pasa, Greta.

Intenta calmarse, pero le sale un timbre de voz agudo que la traiciona.

–Estás rara. Ya hace tiempo. Y lo de esta noche... ¿Qué querías, chafarme el plan? Pues lo has conseguido, guapa.

Mía se da la vuelta para adentrarse en las tinieblas del estrecho pasillo. La puerta de la habitación chirría. Cuando vuelve a aparecer en la sala de estar, va descalza y lleva una camiseta enorme que le llega a las rodillas. Luego, sin dignarse a mirar a su amiga, se dirige a la cocina, saca de la nevera un cartón de leche y vuelve a salir con un vaso lleno en la mano. Se sienta en el sofá; mejor dicho: se deja caer. Se bebe la leche a sorbos mientras mira a Greta con los ojos enrojecidos, sin intención de atenuar esa rabia convertida en palabras que sigue saliendo de su boca.

–Tú lo tienes todo, ¿no te das cuenta? Eres guapa. ¡Guapa no, eres impresionante! Cuando vamos juntas, atraes todas las miradas. Las acaparas todas...

No escucha lo que le responde Greta, que se ha sentado a su lado. No la deja acabar.

–... tienes todos los novios que quieres. Si quisieras, podrías tener dos o tres a la vez. ¿Qué digo? Podrías escoger uno para cada día de la semana.

Hace una pausa absolutamente teatral, con suspiro y todo.

–¿Por qué? ¿Por qué, Greta? ¿Por qué me has tenido que hacer esto? Has visto que un chico se me acercaba, que estábamos a gusto, y has tenido que interponerte. ¿Por qué? ¿De verdad te crees que me trago que te encuentras mal y que querías que te acompañara a casa?

Calla un momento, solo para coger más fuerza.

–¿Tanto te molesta que alguien se fije en mí y no en ti?

Mía es un torrente desbocado. No tiene freno. Nunca le había dicho nada igual a Greta. Nunca se había enfadado así con ella.

–¿Tienes que dirigir siempre mi vida? ¿Tienes que dirigir siempre la vida de todo el mundo?

Lo suelta y vuelve a callar. Permanece unos segundos en silencio. Luego murmura algo para dentro. Como si Greta no estuviera allí.

Mía siente el abrazo de Greta y, con los ojos cerrados, se deja llevar. Un respiro. Una tregua. Pero el abandono al cariño dura apenas unos instantes. De pronto da un respingo, se deshace de los brazos de su amiga y se levanta del sofá como si le pinchara. Sube la voz, que vuelve a ser aguda y chillona.

–¡Déjame en paz!

Después del grito, el silencio que nace entre las dos amigas es como una neblina viscosa. Es peor, más crudo que cualquier palabra, que los reproches. Mía tiene ganas de hacerle daño. Está rabiosa. Es como un río desbordado.

Da media vuelta y regresa a la habitación. Pero, antes de desaparecer por el pasillo, se vuelve hacia Greta lentamente. Tiene los ojos empañados y de los labios se desprende una mueca de desprecio.

No puede frenar las palabras.

–Ojalá te murieras ahora mismo.

Mañana del sábado, 6 de abril de 2019

Exterior. Parque de la Pegaso.
Mía. Policías. Gente.
Y un bulto en el suelo.

Mía ve de lejos el bulto desmañado del suelo. En el aire flota cierta magia moribunda. Se percibe un silencio extraño que lo inunda todo y que nada tiene que ver con las personas y el movimiento de la escena. Un hombre en un mono blanco con capucha y con mascarilla hace fotos. ¿Por qué? Mía no lo entiende. El cerebro no descodifica lo que le muestran los ojos. No puede ni parpadear. Le tiemblan las piernas. El aire martillea insistentemente en sus oídos el nombre de su amiga.

Greta...

Greta...

Greta...

Se aproxima. El fotógrafo entorpece la visión del cuerpo, pero Mía tropieza con un zapato que, plantado, solitario y vacío, espera no se sabe qué ni a quién. Es un zapato negro, el del pie derecho, de terciopelo, con una plataforma muy alta.

Es su zapato.

El de Greta.

No. ¡No puede ser!

Nota cómo se le revuelve el estómago.

Junto al cuerpo hay otras dos personas. A pesar del mono y la mascarilla, se adivina que son un hombre y una mujer. O se adivinaría si Mía percibiera su presencia. Contemplan con indolencia al agente que hace fotos y, luego, al que cubre el cadáver con un plástico blanco. Un plástico blanco convertido en mortaja.

La mujer del mono se vuelve hacia ella y le habla con la voz distorsionada por la mascarilla.

–¡Oye! ¿No has visto las cintas de plástico? No se puede pasar. ¿Qué haces aquí?

–¿Está... está...?

Mía no se atreve a pronunciar la palabra *muerta*.

En ese momento, una ráfaga levanta el plástico y ante sus ojos se revela la palidez que cubría. El rostro conocido, querido, con un hilillo de sangre que cae por la sien, aparentemente insignificante, confirma el peor de sus presentimientos.

–¡¡¡Greta!!! –grita.

–¿Cómo dices? ¿La conoces? Escucha...

No. Mía no escucha. Se inclina hacia delante y vomita.

Lo vomita todo.

Hasta el alma.

Mediodía del sábado, 6 de abril de 2019

Interior. Una sala de la Comisaría
General de Investigación Criminal. Mía.
Inspectora Bermúdez. Subinspector Grau.

Mía se queda mirando el vaso de agua que la mujer le acaba de poner delante. El agua es limpia, transparente. Como la del canal del parque de la Pegaso que tanto les gustaba. No. Que le gustaba a ella. A Greta no.

Ya no.

La proximidad del parque a su piso de Sant Andreu fue una de las cosas que las llevó a alquilarlo en vez de otro que habían visto más cerca de la facultad. Recuerda la primera vez que fueron. El parque infantil: bullicio y risas a raudales. Y alguna que otra llorera. Los bancos de ladrillo para la gente mayor, a la sombra de las palmeras. Y el canal que se adentra en el parque hasta el paseo con pérgola, donde el riachuelo escurridizo se convierte en un lago quieto. Allí, en uno de los extremos del parque, el que limita con la calle del Pegaso, es donde han hallado muerta a Greta.

–¿Te encuentras mejor? –le pregunta la mujer, seca.

Es la misma que la ha increpado en el parque; la policía del mono blanco y la mascarilla. Pero ahora va vestida normal.

–No –responde Mía, sincera, y se la queda mirando sin verla, jugando nerviosa con las manos.

La mujer carraspea, incómoda.

–Soy la inspectora Bermúdez, de la DIC.

Se hace un silencio. La inspectora carraspea más fuerte.

–La DIC. La División de Investigación Criminal –aclara, y parece que su rostro adusto se relaje por primera vez–. Intentaré llevar todo esto a buen puerto.

–¿El qué?

–Esto... Este crimen.

Mía hace un gesto extraño con la boca y contiene el llanto. Recuerda, como si fuera después de un sueño (de una pesadilla, sería la expresión más exacta), que la mujer la ha hecho entrar en un coche de policía. La radio no dejaba de vomitar desgracias con una voz metálica entre interferencias. La han llevado a esa especie de ciudad formada por cubos herméticos con celosías de aluminio. Ha seguido a la policía a través de pasillos y más pasillos y, por último, la ha dejado sola en esta sala gris y fría de la que observa ahora cada detalle sin ser capaz de asimilar lo que sus ojos le muestran porque tiene congelada la imagen de Greta en las retinas. Su Greta. Guapa. Joven. Risueña.

Muerta...

La inspectora, próxima a la cincuentena, se aleja mucho del estereotipo de mujer policía con glamur que aparece en las películas. No lleva un traje elegante, sino camiseta y vaqueros. Es baja, de constitución fuerte, y tiene cara de mala leche y gesto de poca paciencia. Parece que esté empleando la poca que le queda en esperar a que Mía diga algo. Dentro de su cabeza, su cerebro trabaja a todo tren para intentar recomponer las pocas piezas que tiene de este nuevo rompecabezas. Porque cada crimen, cada caso sin resolver, es un rompecabezas. Un reto. De momento tiene una joven asesinada en un parque (mala cosa) de un tiro en la cabeza, para más detalles. Claro, y también a esta otra chica, la que dice que conoce a la muerta, pero está medio catatónica. En plan zombi.

A la inspectora Bermúdez los jóvenes no le caen bien. Las hormonas desbocadas de la juventud la irritan. No los entiende. No entiende por qué, para divertirse, tienen que beber hasta la inconsciencia. O drogarse. No entiende ese espíritu de autodestrucción cuando su vida solo acaba de empezar. Una luz roja se enciende en su cerebro. Ha recuperado la imagen viva, clara y sonriente de Pau. Carraspea. La puerta de la sala chirría y entra un joven. Por suerte, el rostro de Pau se difumina.

El hombre que acaba de entrar, el policía que acompañaba a la inspectora en la escena del crimen, es alto, atlético, carne de gimnasio. Luce en los labios una sonrisa de anuncio. La inspectora se lo queda mirando, agradeciendo la repentina y providencial aparición que ha roto su cadena de recuerdos. Mía no repara en su presencia.

–Este es el subinspector Grau.

–Álex Grau –añade él, y extiende la mano a la chica; pero queda huérfana, en el aire.

La inspectora se sienta. Grau se sienta. Ambos miran a la chica, que se empeña en mirar al suelo.

–Ahora tenemos que hacerte unas preguntas.

Mía les devuelve una mirada vacía. No entiende nada. No deja de frotarse las manos y tiene un principio de ahogo.

–Di tu nombre completo.

–Mía Rebull Martínez.

–¿Edad?

–Dieciocho.

–¿Qué relación tenías con la muerta?

Grau se queda mirando a la inspectora con un gesto de reproche. Sabe que no es una mujer delicada, que no tiene reparos; pero ahora, ante esta joven conmocionada, bien podría haber hecho un esfuerzo y ser más diplomática, piensa disgustado.

Mía contesta con decaimiento, con una voz casi inaudible.

–Somos compañeras de piso.

La inspectora está a punto de soltar un *erais*, pero se lo piensa dos veces. El joven policía toma el relevo.

–Cuando has visto el cadáver, la has reconocido enseguida. ¿No tienes ninguna duda de quién es, entonces?

–Ninguna. Es Greta. Además, uno de sus zapatos estaba allí.

Los policías levantan las cejas a la vez y se miran perplejos. Grau prosigue.

–Verás, no hemos encontrado nada al lado del... de la chica. Ni bolso, ni móvil, ni DNI. Nada. No llevaba encima ni un triste documento que sirva para identificarla.

Hace una pausa. Observa a Mía, que no parece escucharlo. Y añade, convencido de que no le presta atención:

–Los de la Científica no han encontrado absolutamente nada en cien metros a la redonda. De momento. Nos ayudaría mucho si nos dijeras de quién se trata. Avanzaríamos en la investigación. Bueno, si puedes. Si estás segura, claro.

–Es Greta.

–¿Greta qué más? –pregunta la inspectora.

–Greta Reventós Miró.

–¿De qué os conocíais? –pregunta el subinspector.

–Ya se lo he dicho. Somos compañeras de piso. Greta es mi mejor amiga.

Lo ha dicho con convencimiento. Con la voz más fuerte, segura de sí misma. Toma un trago de agua.

Álex Grau ha movido la cabeza con un gesto comprensivo, como si entendiera perfectamente el tobogán emocional por el que ella está pasando. La inspectora, en cambio, no. Mantiene su gesto adusto cuando le pregunta:

–¿Cómo sabías que tu amiga estaba en el parque muerta?

Mía levanta la cabeza que ha mantenido agachada todo el rato que han durado las preguntas. Clava los ojos en Bermúdez.

–Yo no sabía que estaba muerta. ¡No lo sabía!

Los policías callan, aguardan a que la angustia contenida en el pecho de la joven se convierta en palabras.

–Me han llamado. Era una voz extraña. Yo estaba durmiendo y el móvil me ha despertado.

–¿Una llamada? –dicen a la vez los dos policías.

–Sí. Una voz como... como de robot. Me ha dicho: «Si quieres ver a Greta por última vez, corre al parque de la Pegaso, junto al lago».

–¿Y tú qué has hecho? ¿Has ido enseguida? –pregunta el inspector Grau.

Mía niega con la cabeza.

–Tengo muy mal despertar. Ha pasado un rato largo... demasiado largo.

Una angustia más profunda todavía se extiende en su rostro. Recuerda la llamada. La voz. El mensaje. Le ha parecido que soñaba. Se ha levantado sobresaltada de la cama. Ha mirado el móvil. La llamada era anónima. Ha recordado las palabras textuales: «Si quieres ver a tu amiga por última vez, corre al parque de la Pegaso, junto al lago».

Se ha pasado las manos por la cara y se ha frotado los ojos. Ha ido a la habitación de Greta. Su amiga no estaba y la cama estaba hecha. Se le ha formado un nudo en la garganta que le impedía respirar con normalidad. A Greta le encanta dormir. Los sábados, más aún si ha salido de marcha, no suele levantarse hasta el mediodía. En cambio, hoy ya ha salido. Incluso ha tenido tiempo de hacer la cama, de dejar la habitación ordenada. ¿O acaso no ha llegado a deshacerla?

Un terrible presentimiento se ha ido agriando en su interior. ¿Qué ha querido decir aquella voz con eso de «verla por última vez»? Ha entendido que no hay tiempo para las hipótesis. Ha vuelto a su habitación y se ha vestido con lo primero que ha encontrado. Ha salido corriendo de casa hacia el parque. Parecía que el corazón se le iba a salir por la boca.

El recuerdo de lo que se ha encontrado al llegar le empaña los ojos. Sin poder evitarlo, se echa a llorar desconsoladamente.

—Greta está muerta. Y todo por mi culpa. Soy la peor persona del mundo.

En la sala se hace un silencio metálico, frío, agrietado únicamente por los sollozos de Mía. Los dos policías la observan serios. No pueden adivinar que en la cabeza de la joven resuenan sin parar esas terribles palabras, las últimas que dirigió a su amiga: «Ojalá te murieras ahora mismo».

Sábado, 6 de abril de 2019

**Dos horas más tarde. Interior. La misma sala
de la Comisaría General de Investigación Criminal.
Inspectora Bermúdez. Subinspector Grau.**

–No está el horno para bollos. –dice la Bermúdez resoplando.

El subinspector no entiende de qué bollos le habla. ¿Siempre tiene que expresarse de forma tan enigmática esta mujer? Decide asentir con la cabeza, que siempre queda bien.

–Mientras nos llegan los resultados de la autopsia, Grau, ¿tú qué destacarías de la observación preliminar?

Álex Grau se pasa una mano por la cabeza. Aunque lleva el pelo muy corto, parece que el poco que tiene le moleste para pensar.

–Bueno...

Duda. No le gusta hablar de primeras impresiones. Sobre todo, cuando algo es tan reciente y no hay nada contrastado.

–No parece que el ataque sea sexual. No presentaba indicios de violencia y no hay pistas que apunten a una violación. Diría que la han matado allí mismo, claramente de un tiro en la sien con trayectoria de entrada y salida. En definitiva, ha sido asesinada.

–En efecto, el forense ya ha confirmado lo que dices. Ha muerto en el acto al recibir un tiro en la cabeza procedente de un arma corta. Me juego lo que quieras a que era una nueve milímetros.

–El arma más frecuente.

–La que lleva encima cualquier delincuente común.

Se miran. Inspectora y subinspector niegan a la vez con la cabeza.

–No, no se trata de un robo. Demasiado ruido para no llevarse más que un bolso y un móvil cuando podrían haberle dado un simple tirón.

Álex Grau asiente con la cabeza mientras Bermúdez desentraña las primeras conclusiones.

–Ya hemos comprobado la identidad de la chica. Tal cual ha dicho la amiga, se trata de Greta Reventós Miró. Por lo que sabemos hasta ahora, es una víctima inusual. De buena familia, universitaria, con relaciones sociales estables. Sin problemas económicos ni entorno desestructurado.

La inspectora se queda pensativa. Tiene las palabras en la punta de la lengua. Hasta que las suelta.

–A lo mejor la bala no iba dirigida a ella.

El subinspector responde rápidamente.

–Pero ¿y la llamada que recibió su amiga?

–Sí, la llamada a esta chica... ¿Cómo se llama...?

–Mía Rebull.

La inspectora se queda mirando a Grau con cara de extrañada. Como si hubiera olido un pescado muerto.

–¿No te parece que hoy en día la gente pone nombres muy extraños? Mía... Ya me dirás tú...

–A mí no me parece...

—Ya sabes lo que tienes que hacer, Grau. Registro domiciliario, evidentemente. Quiero el piso de esas chicas patas arriba. No olvidemos que la víctima vivía allí. Y también quiero que estés presente cuando llegue la Científica.

—De acuerdo.

—Intenta verificar esa llamada de teléfono a la chica. Con discreción, si puede ser. No quiero requisarle el móvil todavía. A ver si hay suerte y podemos averiguar de dónde provino la llamada que dice que ha recibido a primera hora de la mañana.

—Seguramente, de un móvil de un solo uso.

—Los *seguramentes* no me gustan, ya lo sabes...

Grau baja la vista y se come el moco que le acaba de caer...

—Quiero a la chica vigilada día y noche.

—¿Cree que podría tener algo que ver...?

Lo interrumpe.

—Yo no creo nada.

—Vale, pues enviaré a un par de policías para vigilarla.

—No vas a enviar a nadie, ¡maldita sea! Quiero que tú, en persona, no le quites los ojos de encima. ¿Entendido?

Bermúdez da media vuelta y se aleja por el pasillo murmurando algo.

Álex Grau mueve la cabeza a los dos lados. Sabe que la inspectora trabaja bien; no se equivoca nunca. O casi nunca, porque en este mundo la perfección no existe. Es una policía excepcional. Pero a veces la mataría con sus propias manos.

«Vamos, Álex; a vigilar se ha dicho –murmura para sí–. Y da gracias de que aún no te ha enviado a poner multas de tráfico».

Madrugada del miércoles, 10 de abril de 2019

Madrugada de un día lluvioso. Piso de Mía.
Tània, su hermana, duerme en el sofá.

Ha llovido toda la noche. Quizá sea un preludio de la primavera, que está cerca. En otras circunstancias, la lluvia nocturna la habría mecido. A Mía le gusta dormirse con el sonido de las gotas al caer. Pero esta noche ha sido diferente. La lluvia la ha desvelado. Tenía la sensación de que el rumor del agua traía consigo la voz de Greta. No se la ha podido quitar de la cabeza ni un momento.

Greta.

Su amiga.

Y aquella última noche. Y aquellas últimas palabras: «Ojalá te murieras ahora mismo».

Empieza a amanecer y Mía ya no puede seguir en la cama. Descalza, va a la cocina a beberse un vaso de leche. Al pasar frente a la puerta cerrada de la habitación de Greta, siente que el corazón se agita en su pecho. La policía se llevó el ordenador y algunas pertenencias de su amiga. Dejaron su cuarto (de hecho, todo el piso) como si hubiera pasado un tsunami. Lo tenían que hacer, claro. Pero no puede desprenderse de la sensación de que han hecho desaparecer un poco más a Greta.

Con el vaso en la mano, se planta en la sala de estar. Su hermana Tània duerme en el sofá medio tapada con una manta y con una pierna en el suelo. Esa inspectora antipática, la dichosa Bermúdez, le dejó muy claro que no podía salir de Barcelona hasta nuevo aviso. Así que nada de irse a casa, a Olot. En su opinión, la policía está haciendo muy poca cosa. Esa mujer, que es más seca que el esparto, y el gimnasta con sonrisa de anuncio solo saben hacerle las mismas preguntas. ¿Acaso no les contaría algo si supiera que podría servirles para resolver el caso? A ratos tiene la sensación de que sospechan de ella. Y a lo mejor tienen razón. Quizá sus palabras llevaron a Greta a salir de casa y, a raíz de eso, se topó cara a cara con la muerte. ¡Pobre Greta! Pobre amiga. Hace cuatro días que está muerta y todavía no han podido enterrarla.

Suerte que Tània, su hermana, se ofreció a hacerle compañía unos días. Oír ruido en el piso la ayuda. Aunque sea solo un poco, porque el dolor es tal que no hace más que llorar y llorar. No es capaz de pensar en un futuro sin llanto. Su vida se convertirá (de hecho, ya se ha convertido) en un llanto eterno.

Y, pese a todo, la vida sigue. Jamás había entendido el significado pleno de estas palabras como ahora. Alguien ha asesinado a Greta, que nunca había hecho daño a nadie, y el mundo no se ha detenido. Todo sigue igual. Ella solo ha perdido un par de días de clase. Como si hubiera pasado un resfriado. Y sabe que, por mucho que le cueste, tiene que recuperar el ritmo. No puede perder el curso ahora que empieza la recta final. Y Tània tiene que regresar a casa, a sus estudios y a su vida. Todo debe volver rápidamente a la normalidad. La única que nunca volverá a la normalidad es Greta.

Vuelve a la cama y sus ojos se dirigen a la mesilla de noche, al rincón donde suele dejar el móvil. Sabe que no debe volver a hacerlo. Que no debe hacer lo que lleva haciendo todas las noches. Pero no puede evitarlo. Necesita ver a Greta viva, risueña, feliz. Necesita hacer este ejercicio diario para evitar el olvido. No se puede permitir olvidar un solo gesto de Greta. Ni una mirada. Ni una sonrisa.

Tiene el móvil lleno de fotos en las que aparecen las dos. La de la pantalla de inicio ya dice mucho de la amistad y del amor que sentían la una por la otra. De sus vidas. En la imagen aparecen en el vestíbulo de la facultad. Era el primer día de clase. Transpiraban energía y felicidad.

Se conocieron a los doce años en el IES La Garrotxa, de Olot. Mía vivía en el centro de la ciudad. Greta era de Castellfolit de la Roca. Congeniaron desde el primer momento pese a tener pocas cosas en común; eran muy diferentes. A Mía todo el mundo la consideraba una chica responsable y seria, una buena estudiante. Si alguien hubiera preguntado en su casa cuáles eran sus peores defectos, no habrían sabido qué decir. Mía no daba problemas. Nunca los había dado. Y precisamente este carácter rayano a una sosegada perfección era el origen todas sus preocupaciones. Porque, tanto en la escuela como en el instituto, su talante aplicado, callado y un poco aburrido le dificultaba mucho hacer amigos y socializar.

Claro, hasta que en primero de la ESO conoció a Greta. Ella, que ni de lejos era tan buena estudiante, ni tan tran-

27

quila, ni tan buena, tenía una personalidad impactante. Enseguida se convirtió en una de las chicas más admiradas y populares del curso. Y, aunque era consciente de la admiración que despertaba, lo llevaba con sorprendente naturalidad. No era difícil conectar con ella. Sin darse cuenta, Mía se fue enganchando poco a poco a Greta y vio, maravillada, cómo pasaba de ser una de sus admiradoras más fervientes, con dosis de envidia incluida, a ser su mejor amiga. Y aquella amistad, aquel regalo que le hacía la vida, la transformó. La llevó a abrirse al mundo. Greta la protegía, le quitaba los miedos. Le enseñaba a caminar, porque ella, Mía, no sabía hacerlo bien del todo. A su lado todo era fácil. Y luminoso. Mucho más luminoso.

Cierto que había un peaje que pagar. ¡Y Mía lo pagaba con gusto! Y es que Greta era muy protectora y tendía a manejar la vida a su amiga. Tenía un carácter fuerte y absorbente y siempre trataba de quitarle los escollos del camino aunque Mía no se lo pidiera. Cuando presentía algún peligro, se adelantaba. Ahora, con la perspectiva que da el tiempo, Mía cree que eso mismo hizo Greta su última noche. Desconfiaba de aquel chico que se acercó a ella y quiso apartarlo de su lado. Y ella reaccionó con una rabia destructiva. No se lo perdonaría nunca. ¿Qué habría pasado si hubiera aceptado los consejos de Greta sin protestar, como hacía siempre? ¿Si no hubiera reaccionado de aquella manera? ¿Si no le hubiera dicho aquellas palabras atroces? Las lágrimas corren por sus mejillas y los recuerdos se suceden, imparables e imperturbables al dolor: los años en el instituto; los novios de Greta, que no le duraban más de dos meses; algún que otro novio suyo, pocos... Y luego la decisión de hacer la misma carrera e irse a vivir juntas para estudiar en Barcelona. El sueño más compartido a lo largo de todos aquellos años. Qué poco les había durado.

Sigue viajando en el tiempo mientras pasa fotos en el móvil. Hasta que se detiene en una de las vacaciones de Navidad; la que Greta le envió desde Ámsterdam.

Greta y Nye.

Mañana del miércoles, 10 de abril de 2019

Interior. Piso de Mía.

Hoy Mía tampoco irá a clase. No puede. Hace horas que está sentada en el sofá con el portátil sobre las piernas cruzadas. Su hermana ya se ha marchado a Olot. Le ha dejado la nevera llena y le ha hecho jurarle que comerá. Que se cuidará. Que irá a clase y que intentará sobreponerse al dolor. Ella le ha dicho que sí a todo. Casi prefiere estar sola. Agradece muchísimo la compañía que le ha brindado estos días, pero ahora tiene mucho trabajo por delante. Le viene a la cabeza una frase que solía decir su abuela: «Mi dolor no quiere ruido». Cree que la entiende. Necesita estar sola para buscar a Nye. Quién sabe si él puede arrojar algo de luz sobre el horror de lo ocurrido.

He conocido a un chico.

Recuerda que Greta se lo escribió por WhatsApp. También recuerda que ella soltó una carcajada al recibir el mensaje de su amiga. ¡Le había oído decir tantas veces aquella frase!

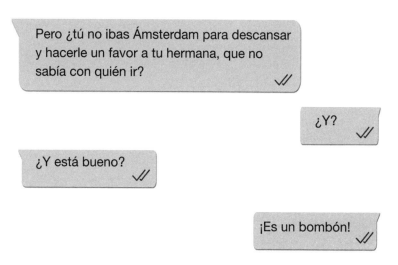

Pero ¿tú no ibas Ámsterdam para descansar y hacerle un favor a tu hermana, que no sabía con quién ir?

¿Y?

¿Y está bueno?

¡Es un bombón!

Habían tenido aquella conversación uno de los últimos días del año. Mía había vuelto a Olot durante las vacaciones. Iría unos días a esquiar con sus primos, como todos los años. Greta, en cambio, había viajado a Ámsterdam el día de San Esteban. Cilia, su hermana mayor, acababa de tener un desengaño amoroso y le había suplicado que la acompañara. Necesitaba despejarse. Y Greta no se hizo de rogar precisamente.

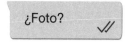

¿Foto?

Escribió Mía, y añadió al mensaje un emoticono que guiñaba un ojo.

Recibió la foto esa misma noche. Mostraba a dos chicos vestidos con un curioso uniforme rojo, una camisa a rayas y un gorro. Cada uno mostraba a la cámara un plato enorme con un apetecible *pancake*. La foto iba acompañada de un mensaje:

Nye es el que está más bueno.

Más que el *pancake*, ya lo veo.

... tuvo que reconocer Mía ante la evidencia de aquellos ojazos azules y la sonrisa encantadora del joven camarero del restaurante.

Al regresar de vacaciones y volver a encontrarse en el piso, dispuestas a reanudar las clases a los pocos días, Mía interrogó con curiosidad a Greta sobre aquel amor inesperado que había encontrado en Ámsterdam, entre canales y bicicletas.

–Es un encanto. De verdad... –le respondió su amiga con la cara iluminada por una gran sonrisa. Aunque su mirada se nubló un poco al añadir–: Pero no me hago ilusiones. No me fío mucho de las relaciones por WhatsApp.

Y enseguida cambió hábilmente de conversación. Greta era capaz de sacar a los demás toda la información sobre cualquier cosa. Si en el FBI la hubieran conocido, la habrían contratado. Pero, cuando se cerraba en banda, no había quien le hiciera abrir la boca.

Y Nye fue desapareciendo de las conversaciones y del pequeño mundo que Mía y Greta compartían. Mía llegó a la conclusión de que aquella relación no había ido a más. Un amor de vacaciones. Tampoco es que a Greta le duraran demasiado los novios. Se olvidó del tema.

Y eso fue todo. O tal vez no. Porque, ahora que lo piensa, se da cuenta de que Greta había ido cambiando. Con el paso de los días, de los meses, se había ido convirtiendo en una persona más hermética. Más callada. Sí, ¿por qué no decirlo?, más triste. ¿Es esto cierto, o la imaginación le está jugando una mala pasada? Quizá los recuerdos la engañan. Tal vez ve fantasmas y busca algo que justifique lo ocurrido.

«¡No!», se dice. Y, sin percatarse, mueve la cabeza en un silencioso gesto de negación. «No son imaginaciones mías». La verdad es que Greta estaba rara. Porque casi nunca quería salir. Los fines de semana ya no iba de fiesta con sus amigos y se quedaba encerrada en la habitación con el ordenador como única compañía. Y hablaba poco; comía menos y ya no reía. Incluso suspendió algún parcial. Había ido cambiando. Una capa de silencio densa y polvorienta se había interpuesto entre ellas y su amistad. Mía intentó una aproximación. Pero, cuanto más pretendía acercarse a Greta, más se replegaba esta en aquella distancia impuesta. Hasta que la última noche los silencios se agriaron y Mía estalló con resentimiento, escupiendo a la cara de su amiga aquella horrible sentencia.

Mía no quiere llorar. Llorar ya no sirve de nada. Avanzará más si intenta averiguar cualquier cosa que arroje luz sobre el asesinato de Greta. Ahora es lo único que puede hacer por ella: tiene que saber por qué murió. Y tal vez Nye pueda proporcionarle alguna pista sobre lo ocurrido.

Así que enciende el portátil y pone manos a la obra.

Escribe: «Pancakes Ámsterdam».

La información aparece de forma instantánea. Desliza el cursor sobre la pantalla. Al momento, sus ojos se detienen en la imagen de un establecimiento donde camareros y camareras van vestidos con unos uniformes de color rojo chillón.

–¡Lo tengo!

Lee:

–¡The Pancake House!

Enseguida se da cuenta (debería haberlo deducido por los uniformes) de que se trata de una cadena que se extiende por toda la ciudad. En concreto, seis establecimientos que sirven los mejores *panneokeks* de Ámsterdam, que es como llaman a los *pancakes* en neerlandés.

Coge el móvil. En ninguno de los cinco locales con los que contacta trabaja nadie que se llame Nye, ni recuerdan a ningún antiguo empleado con ese nombre. Solo le queda una oportunidad. La última. El corazón le da un vuelco cuando una voz femenina le responde:

–¿Nye? ¿Nye Drees?

–Sí. ¿Trabaja ahí? Es importante. Necesito hablar con él.

–Lo siento. Nye Drees ya no trabaja aquí. Tuvo un accidente hace cosa de una semana. Por desgracia, tengo que decirle que ha muerto.

Mía se queda muda, congelada. No sabe qué hacer con esa información. De pronto, afectada todavía por la noticia, se sobresalta cuando el móvil, que aún tiene en la mano, le notifica con un sonido la entrada de un nuevo mensaje.

Lo lee.

Y, como si la temperatura de la habitación acabara de bajar de golpe unos cuantos grados, un extraño escalofrío recorre su cuerpo.

Mañana del miércoles, 10 de abril de 2019

Exterior. Una calle tranquila del barrio de Sant Andreu. Desde el interior de un coche aparcado, Álex Grau vigila la entrada del edificio donde vive Mía.

Todo está tan tranquilo que Álex Grau se pregunta si aquella calle pertenece al mismo barrio donde hace unos días asesinaron a una joven. Claro que el lugar donde la hallaron es bastante idílico, piensa, con los árboles y el lago y toda esa paz y ese verde exuberante, plenamente primaveral.

El policía se aprieta con fuerza los ojos, como si quisiera arrancarse el sueño y el cansancio. Obedeciendo las órdenes de su jefa, ha asumido las tareas de vigilancia. Pero, claro, hasta Bermúdez será capaz de entender que no puede pasarse las veinticuatro horas del día allí, quieto en un coche. Además, en la comisaría le espera trabajo mucho más urgente y en el cuerpo de Policía todo debe hacerse en equipo. Por eso ha formado su propio grupo de vigilancia. Torres y Macaco (es clavadito al cantante) harán los turnos. Mira la hora en el móvil. Macaco debe de estar al caer.

–¡Qué ganas de que llegue ya, joder! –habla solo porque, después de tantas horas encerrado en un coche, estas cosas pasan–. Qué trabajo más inútil me ha endilgado. ¿No se da cuenta de que soy subinspector? Qué pérdida de tiempo; si aquí no se mueve ni una mosca. Esta chica no ha salido de casa en cuatro días –niega con la cabeza–. Estaba hecha polvo, la pobre...

Y mira hacia el portal como si la buscara.

¡Y la encuentra!

–Jooodeeeer...

Se incorpora un poco. Se prepara por si tiene que seguirla.

Efectivamente, Mía ha salido a la calle. Se ha detenido frente al portal y ha mirado a los dos lados, atemorizada. Es la angustia personificada.

La mente rápida de Álex llega a dos conclusiones:

1. Está asustada.

2. Busca a alguien.

De súbito, la calle, solitaria y tranquila hasta el momento, se llena con el rugido de un motor distante aproximándose. Mía separa un pie del rellano con la intención de pisar la acera y cruzar precisamente hacia donde Grau está aparcado.

Todo sucede muy deprisa, como ocurren las cosas inesperadas y a menudo trágicas. Un coche de color negro invade la calle con la fuerza de un ariete. Ruge como una fiera salvaje y desbocada. Mía, paralizada, se limita a volver la cabeza. Clava la vista en la amenaza que se le echa encima y está a punto de alcanzarla.

Sin pensarlo dos veces, Álex arranca el coche y se interpone entre Mía y su trágico destino. Frena, abre la puerta, se tira del coche y arrastra consigo a Mía, consiguiendo desviar su fatídica trayectoria.

En el último segundo, el vehículo negro hace una maniobra desesperada para esquivar el obstáculo. Oscila hacia un lado, a punto de volcar, impulsado por la fuerza de la aceleración, pero recupera la estabilidad, pasa rozando el coche de Álex y, en cuestión de segundos, de la escena solo queda el fragor remoto del motor y el regusto de una tragedia más, que podría haber sido y no fue.

Mía, protegida por el cuerpo de Grau, cierra los ojos.

Y pierde el mundo de vista.

Mañana del miércoles, 10 de abril de 2019

La misma mañana, algo más tarde.
Álex Grau y Mía están en el comedor
del piso de la chica.

A falta de algo más fuerte que la haga volver del todo en sí, Álex coge una Coca-Cola que encuentra en la nevera y se la lleva a Mía, que sigue en el sofá del comedor, sentada en la misma postura que la ha dejado, lánguida como una frágil pieza de cerámica de esas tan horteras que los turistas compran.

Mía abre los ojos y los enfoca en la lata que el policía le ofrece. Coge la bebida con una mano sin intención de acercársela a la boca.

–¿Qué ha sido eso? –pregunta al fin.

Álex respira un poco más tranquilo al comprobar que la chica ha recuperado el habla.

–Un coche, Mía. Un coche.

–Pero... pero podría haberme atropellado, ¿no?

–Creo que... sí.

En realidad, Grau cree que la chica no es consciente de que la tentativa de atropello ha sido una acción totalmente calculada. Y piensa en si decírselo o no. Quizá no sea el momento.

–¿Adónde ibas, Mía? Te he visto salir a la calle un poco aturdida.

La chica aún está en estado de *shock* y no se le ocurre preguntarle al policía si es que son vecinos o por qué estaba allí. Ahora sí, mira la lata de refresco que tiene en la mano y le da un trago. La bebida debe de ser milagrosa, porque los recuerdos empiezan a venirle a la mente en orden cronológico inverso: el coche que se le ha echado encima como una estampida de mamuts; el WhatsApp que la citaba en el parque para hablar de la muerte de Greta; Nye muerto; Greta muerta, y aquella frase horrible: «Ojalá te murieras ahora mismo».

Da un segundo trago y se queda mirando al policía mientras, sin dejar de pensar en lo sucedido, intenta ganar unos valiosos segundos. Su cerebro ya trabaja a un ritmo normal y tiene muy claro que no debe decirle al subinspector lo que sabe de Nye. Ni del mensaje que ha recibido. Si lo hace, acudirá corriendo a la comisaría a contárselo al monstruo de la inspectora y entonces la acusarán de algo. De complicidad, o de ¿cómo es aquello de las películas...?: obstrucción a la justicia o algo por el estilo. Y si ahora no le permiten salir de Barcelona, no quiere ni imaginarse qué pasará si se enteran... No, no debe decir nada. Quizá, de no ser por ese estúpido accidente de coche, a estas alturas ya sabría mucho más de lo que sabe la policía. No ha podido llegar a la cita del parque, pero está segura de que volverán a ponerse en contacto con ella.

Hace un esfuerzo para inventarse una excusa más o menos creíble.

–Estoy muy nerviosa estos días. Solo había salido a tomar el aire. Es normal, ¿no?

Grau se la queda mirando fijamente y ella se pone más nerviosa. No sabe si ha sido convincente ni si se lo ha creído. No se le da muy bien mentir. Greta lo hacía con absoluta calma. A veces, era capaz de hacerle tragarse unas bolas... Pero a ella se le nota mucho cuando miente.

Tercer trago, este largo, para recuperar los nervios y ordenar los pensamientos.

Por fin, Álex reacciona. Saca el móvil del bolsillo y escribe un mensaje. Recibe un sonido como respuesta.

–Mi compañero ya está abajo. Se quedará vigilando toda la noche.

–¿Por qué? –susurra Mía, que no entiende tanta vigilancia.

Y ahora sí, le suelta:

–Porque a ti, Mía, también te han querido matar.

Las palabras del policía le provocan un escalofrío. Mía abre la boca para decir algo, pero las palabras se le atascan, tercas, en la garganta. No se le había ocurrido relacionar la llamada que la citaba en el parque con el coche que casi la atropella. Lo cierto es que aún no ve la relación entre las dos cosas.

–Pero... Ha sido un accidente. Si es que a veces van como locos y no miran...

Grau no responde.

–¿No? –insiste la chica con un susurro.

El policía se acerca a la mesa baja frente al sofá, repleta de toda clase de trastos. Coge un boli y arranca una hoja de un bloc pequeño.

–Mi móvil particular. Si tienes algo que decirme, sea la hora que sea, llámame.

Y se va, dejando a Mía con su estupor, con una lata de Coca-Cola vacía en una mano y con una hoja pequeña con números garabateados en la otra.

Tarde del miércoles, 10 de abril de 2019

Sala de reuniones de la Comisaría General
de Investigación Criminal. La inspectora Bermúdez
está sentada en el extremo de una mesa larga,
revolviendo unos papeles. Entra Álex Grau.

–Buenas tardes, inspectora.

Bermúdez levanta la cabeza y mira al joven inspector con intensidad.

–Caray, Grau. Vaya pinta. Parece que te han puesto los pelos de punta.

Álex se pasa una mano por la cabeza casi rapada y pone cara de no entender nada. La inspectora se da cuenta y se lo aclara:

–¡Que pareces inquieto!

–Ah, vale… Es que ha pasado algo que me preocupa.

La mujer señala con la mirada una silla delante de ella. El subinspector prácticamente se deja caer sobre el asiento.

–Habla.

–Han intentado atropellar a Mía.

–No jodas. ¿Estás seguro?

El joven se remanga la camisa y le enseña los rasguños que se ha hecho al arrojarse del coche para proteger a la chica.

–¡Lo sabía! –exclama la inspectora.

–¿Lo del coche? ¿Quién se lo ha dicho? No se lo he contado ni a Macaco. Creía que antes debía hablar con usted.

Bermúdez cierra la mano en un puño y se da un golpe en el pecho.

–Aquí dentro, Grau. Aquí dentro hay algo que me avisa. La gente lo llama intuición. Yo no sé cómo llamarlo, pero huelo el peligro.

–¡Caray! ¿Me está diciendo que sabía que alguien quería atropellar a la chica?

–Sabía que estaba en peligro. Por eso te había mandado a vigilarla.

–Yo creía que... ¿No la estábamos vigilando porque es sospechosa?

La mirada incisiva de la inspectora parece querer perforar al joven subinspector. Sus labios esbozan una suerte de sonrisa.

–Sabía que la chica estaría segura contigo. Y no me he equivocado. Buen trabajo, Grau.

El subinspector casi se emociona. Cuando lo asignaron para trabajar con la inspectora ahora hace un año, la fama que precedía a Bermúdez había despertado en él toda clase de temores. Sabía que era una mujer dura, extraña. Difícil. Pero con el tiempo ha aprendido a respetarla. Y lo que acaba de decirle... ¡Será bobo! ¡Si hasta casi le escuecen los ojos!

La mujer se ha callado, dejando a Grau solo con sus emociones. Golpea la mesa insistentemente con un boli. Está lejos de allí. En su mente se cruzan demasiadas preguntas y ninguna tiene que ver con el caso. «Huelo el peligro», acaba de decirle al joven subinspector. Casi le entran ganas de reír.

Porque, de hecho, no llegó a oler nada de lo que le pasaba a Pau hasta que estuvo muerto y bien muerto. ¿Quizá aún no había desarrollado ese don que le permite «oler el peligro», que le ha permitido salvar más de una vida? ¿Se perdonará algún día no haber llegado a tiempo de salvar a Pau?

–... negro. No he podido ver la matrícula. ¿Inspectora?

–Perdona, Grau. ¿Qué dices?

–El coche. Le hablaba del coche.

–Sí, claro. Redacta un informe de lo que has visto y se lo pasaremos a los muchachos, a ver si encontramos datos que coincidan con el modelo y el color. Como siempre, seguro que se trata de un coche robado hace poco.

–De acuerdo, jefa.

Es la primera vez que Álex Grau se dirige a su superiora usando este término. Se pone rojo. Bermúdez lo mira sorprendida, pero no dice nada.

–Y luego te vas a casa a descansar. Hay que ver el día que hemos tenido, y mañana necesito que estés en forma.

Grau se levanta, obediente.

–¡Ah!, y ordena que refuercen la vigilancia en casa de la chica.

–Ya está hecho, no se preocupe.

La inspectora se queda sola. El boli sigue marcando el paso de los segundos sobre la mesa. De repente, parece despertar de una de sus cavilaciones, que no abandonan su mente ni un instante. Suspira resignada. Por hoy ya han hecho todo lo que podían hacer. Quizá ella también necesite descansar.

Todavía no se ha levantado de la silla cuando entra en la sala Xavi Mas, del Área Técnica de Investigación. ¿Qué esperaba? En su trabajo nadie acaba una jornada cuando quiere; los imprevistos y las sorpresas están a la orden del día.

–¿Noticias, Mas?

–Y suculentas. El informe completo de los archivos del ordenador de la chica asesinada. Por lo que parece, mantenía una correspondencia casi diaria con un joven holandés, un tal Nye Drees. Y parece que él estaba metido en un asunto bastante peligroso.

–¿Un asunto peligroso? –pregunta la inspectora mientras empieza a leer el informe. A continuación, frunce visiblemente las cejas–. *El canto del cisne*... –murmura. Y, levantando la voz, afirma–: Esto huele mal, Mas.

Noche del miércoles, 10 de abril de 2019

10 de la noche. Local de la Zona Franca. Los Dead Petals, una banda de *trash-metal*, ensayan para el siguiente concierto. Miembros de la banda. Álex Grau a la guitarra.

Álex adora su guitarra. No es para menos. Es una pieza única. Con cuerpo de álamo de color rojo encendido, mástil de arce e incrustaciones de aleta de tiburón. Se la cuelga y la acaricia con la mirada.

Hace más de un año que el policía es miembro de los Dead Petals, una banda de *trash-metal* que tiene sus raíces en sus admirados Hermética. Cuando empezaron, solo hacían versiones de este y otros grupos, pero poco a poco se han ido animando y ya han creado unas cuantas piezas propias. Están preparando un concierto.

Cuando la inspectora le ha dicho que podía irse a casa a descansar, Grau le ha hecho caso a medias. Ha pasado por su apartamento, pero solo para darse una ducha, cambiarse los vaqueros y ponerse la camiseta negra con calaveras. Ha comido algo y ha salido volando con la moto hacia la Zona Franca, donde tienen alquilado un local de ensayo.

Este es su descanso. La música, el grupo y su adorada guitarra evitan que se vuelva loco en un trabajo que a menudo lo obliga a asomarse al lado oscuro de la vida.

Al llegar, los otros ya estaban allí: Alan, el bajo y el alma del grupo; Piccola, todo un descubrimiento, la mejor baterista que ha oído nunca, y Costas, el impactante vocalista.

Están los tres charlando con unas birras en la mano. Siempre necesitan esos momentos de confraternización antes de tocar. Los relaja. Los prepara.

–Ya está aquí el poli guapo –ha dicho Piccola al verlo entrar. Ha sonreído y se le ha iluminado la cara. Siempre se le ilumina cuando ve a Álex.

–¿Muchos muertos, hoy? –le ha preguntado Alan, guiñándole un ojo.

Y Grau le ha seguido la broma:

–Hoy ha sido un día flojo: solo hemos tenido un par.

Es la broma de siempre. La respuesta de siempre. El tiro de salida para ponerse a tocar.

Empiezan con una versión de su grupo preferido para calentar. El tempo es rápido. Los registros bajos y complejos, punteados por la guitarra de Grau. La entrada de los dobles bombos de Piccola los hace vibrar. Acto seguido, lo que vibra es el móvil, el particular, que Grau siempre lleva en los vaqueros, en el bolsillo derecho de atrás. En el izquierdo lleva el del trabajo. La guitarra enmudece y Grau saca el móvil de su escondite entre las protestas de los demás.

–No me lo puedo creer.

–¿Otra vez?

–¿Se acabará el mundo si te dejas el móvil en casita?

Álex no los escucha. Solo tiene oídos para la voz ahogada entre sollozos de Mía.

–¿Puedes venir, por favor?

Noche del miércoles, 10 de abril de 2019

Media hora más tarde. En casa de Mía.
La chica y el subinspector Álex Grau.

Mía le ha abierto la puerta y Grau ha entrado en el piso como un huracán. Ha cruzado el recibidor y el pasillo y se ha plantado en la sala de estar con gesto inquisitivo.

Mía lo mira con el mismo gesto inquisitivo, fijamente, con una expresión tan extraña que él se siente incómodo. El joven policía se pregunta si hay algo fuera de lugar. ¿Tendrá la cara sucia? Si llevara el pelo largo, pensaría que se ha despeinado al quitarse el casco de la moto.

–Estás... estás... diferente –dice por fin la chica rompiendo el silencio.

Y Grau cae en la cuenta. Repara en que se ha presentado vestido de roquero duro. Mira que procura mantener separadas sus dos personalidades; pero, con las prisas, ha descuidado volver a ponerse en la piel del subinspector.

–¿Vienes de un concierto?

–No. Bueno, sí... Un poco.

–¡Ah! –exclama Mía.

Y la sorpresa que ha tenido al ver las pintas del policía se esfuma de golpe. Y aún más de golpe y sin previo aviso se lanza a los brazos de Álex llorando como una Magdalena.

Él no se mueve. No se atreve a rodear con sus brazos a la joven. O más bien con el brazo que le queda libre, el izquierdo, porque en la mano derecha lleva el casco de la moto. Pero poco a poco acerca la mano libre al pelo de Mía; lo acaricia suavemente, casi como si lo peinara, con la intención de ofrecerle consuelo, ayuda.

Cuando el llanto remite, Álex hace sentar a Mía en el sofá. Deja el casco en el suelo y se sienta a su lado.

–¿Qué ha pasado? –le pregunta claramente preocupado.

Ella se pasa la mano sobre unos ojos enrojecidos. Se lo queda mirando.

–Es que antes... Antes no te lo he contado todo.

Álex Grau asiente con la cabeza. Estaba convencido de que Mía ocultaba información. También estaba convencido de que no tardaría en llamarlo.

–Nye está muerto.

–¿Quién es Nye?

Mía le cuenta toda la historia: Ámsterdam y el desengaño de Cilia. Los *pancakes* y el gorro de color rojo. Unos ojos azules. Y Greta enamorada. Y muerta. Los dos muertos.

–Pero ¿tú cómo has sabido que...?

–Llamé al sitio donde trabajaba Nye y me lo dijeron.

Álex resopla. Se rasca la cabeza.

–¿Qué te dijeron? ¿Dónde trabajaba? ¿Cuándo se ha muerto?

Y Mía le sigue contando: que si la cadena de restaurantes, que si las llamadas... hasta que en la última...

–No sé cuándo murió. Creo que dijeron la semana pasada. No lo sé...

Se apoya en el respaldo destartalado del todavía más destartalado sofá. Suelta un largo suspiro. Mira al policía, que no aparta los ojos de Mía, sorprendido. Ella sostiene la mirada unos segundos en silencio y luego baja la cabeza y habla.

–Yo..., bueno, ya sé que no tenía que haber hecho esto de investigar por mi cuenta. Pero ¿y si Nye sabía algo? Era una pista, ¿no?

Grau se frota los ojos y niega con la cabeza, incrédulo.

Aún no ha asimilado lo que le ha contado. Pero ¿esta chica está loca, o qué? Vuelve a mirarla y le dice muy serio:

–Un razonamiento muy lógico. Pero si sabías que este chico tenía una relación con la víctima...

–Con Greta...

–Sí. Con Greta. Nos lo tendrías que haber dicho.

Se hace un silencio de piedra que se rompe con un profundo sollozo de Mía.

–Es que... Es que no pensé que Nye pudiera ser una pista importante. Ni siquiera sabía si seguían juntos. Fue, no sé, un presentimiento.

Mía se sorbe los mocos. Álex, solícito, le ofrece un pañuelo de papel.

–De pronto, pensé: búscalo, Mía, búscalo.

Se suena ruidosamente.

–Al enterarme de que él también está muerto me he asustado mucho. Primero he pensado que, si os lo contaba, si contaba lo que sabía a la poli, bueno..., que me haríais más preguntas. Que me diríais lo que me has dicho ahora. Puede que hasta me detendríais. Y he decidido que era mejor callar.

–¿Eres consciente de que también te han intentado matar a ti?

–Bueno... Sobre este tema...

Mía duda. Se muerde el labio. Intenta evitar la mirada penetrante del subinspector. Al fin, lo vomita:

–Después de enterarme de lo de Nye recibí un WhatsApp. Me citaban en el parque para contarme lo que le había ocurrido a Greta.

Grau casi se cae del sofá. No le cabe niguna duda: a esta chica le falta un tornillo.

–¿¿¿Y no me has dicho nada??? ¿¿¿Te das cuenta de que ahora mismo podrías estar muerta???

–Es que... No me podía creer que ese coche tenía algo que ver. Pero he estado pensando... Tengo miedo. –Y añade, casi con un suspiro–: Por eso te he llamado. Lo siento.

–Has sido una inconsciente. Tu silencio podría haberte costado la vida.

Mía parece empezar a estar harta de que la regañe. Se pone a la defensiva.

–Callar no es mentir, ¿sabes?

Él la fulmina con una mirada reprobadora. Mía insiste:

–No. No lo es. Callar no es un delito.

–¿Cómo que no? Has omitido información que podría ser muy importante para la investigación. Te has puesto en peligro. ¿No te das cuenta? –El subinspector se pasa una mano nerviosa por la cabeza–. Ahora más que nunca creo que la inspectora Bermúdez tiene toda la razón.

A Mía se le pone la piel de gallina. El cerebro le va a mil. Creía que aquel policía tan amable y considerado, que además le salvó la vida, agradecería la información que le ha proporcionado y la protegería. Que él sabría qué hacer con lo que ha averiguado de Nye. Pero no contaba con que la inspectora también metería las narices. No tenía ningún guion preparado para afrontar esta circunstancia. Y la inspectora le da mucho, pero que mucho miedo.

–¿En qué? –dice con la voz trémula–. ¿En qué tenía razón la inspectora?

–Ella cree que estás en peligro. Que volverán a intentar... No acaba la frase.

–Tengo que informarla de lo que me has contado. Se ha acabado el juego.

El silencio vuelve a espesarse en la sala de estar y acompaña los temores de Mía. Álex Grau mira por la ventana. Los edificios parecen sombras que surgen de la noche. La ciudad duerme todavía, pero pronto bostezará perezosa y empezará a oler a café.

–¿Qué está pasando? –pregunta Mía con la voz quebrada, y alza el rostro hacia Álex con una extraña expresión en los ojos–. ¿Por qué han matado a Greta y a Nye? ¿Por qué quieren hacerme daño a mí?

–Intenta dormir un poco. Me quedaré contigo, no te preocupes. Cuando se haga de día iremos a comisaría. Tenemos que hablar con la inspectora de todo esto.

Mía le hace caso. Las cosas se han complicado y no puede hacer nada salvo obedecer. Se va a su cuarto arrastrando los pies y se tumba en la cama. Acaso por los nervios y la tensión, se duerme enseguida.

Álex marca el número de la inspectora. Hablan un rato. Tiene novedades y ella también. Novedades que, sorprendentemente, encajan. Novedades que tienen nombre: Nye.

Cuando cuelga, el policía busca una postura cómoda en el sofá. Cierra los ojos, pero no puede dormir. Sabe que el sueño se ha batido en retirada hace ya un buen rato.

SEGUNDA PARTE

«El mal no es algo sobrehumano,
es algo menos que humano».
AGATHA CHRISTIE

Madrugada del 29 de diciembre de 2018

Una habitación pequeña de hotel.
Ámsterdam.

Greta abrió la puerta de la habitación con la tarjeta magnética. Era una habitación de hotel pequeña, con dos camas individuales. El rojo del ladrillo de la pared principal le daba un aire especial. Un cabecero alargado de madera clara separaba las camas, pegadas al gran ventanal, de la aspereza de la pared.

La moqueta silenciaba los pasos vacilantes de la chica. Por la ventana entraba una luz mortecina, una oscuridad que se iba haciendo gris diluida en la luz de un nuevo día a punto de empezar.

Se dejó caer sobre su cama, que chirrió inesperadamente. Se llevó un dedo a los labios para imponer silencio y se rio bajito. Había bebido demasiado. En la cama de al lado, la que daba a la ventana, su hermana dormía como un tronco.

Cilia tenía cuatro años más que Greta. Siempre se habían llevado muy bien a pesar de no compartir grupo de amigos, ni vocaciones, ni muchos gustos. No se veían a menudo aunque las dos vivían en Barcelona. Pero se querían mucho. Contaban la una con la otra. Y cuando Cilia fue a verla aquella tarde, hacía unos quince días, hecha un mar de lágrimas para anunciarle que había roto con Samuel, el eterno novio, y le pidió que pasaran juntas las vacaciones de Navidad, Greta no dudó ni un instante en prestar apoyo a su hermana mayor.

Eligieron Ámsterdam porque ninguna de las dos había estado nunca allí. Greta se encargó de todo. Sabía que no era necesario preocuparse por el dinero porque su hermana iba a asumir todos los gastos. Trabajaba en una importante agencia de publicidad y ganaba un buen sueldo. Por tanto, no hacía falta levantarse a las cuatro de la madrugada para coger el vuelo más económico, ni alojarse en un hotel perdido en las afueras de la ciudad para ahorrar.

Emprendieron el viaje animadas, contentas y dispuestas a pasárselo bien.

–¿Pero qué se ha creído este? –repetía Cilia cada diez minutos, como un mantra–. ¿Que me voy a quedar en casa llorando?

Sin embargo, después del primer día, y cuando el cambio de aires ya no era una novedad, sino un peso añadido, la hermana mayor de Greta se fue marchitando, su ánimo empezó a decaer y el mantra también.

–No puedo vivir sin él. No puedo. ¿Qué voy a hacer? –repetía entre sollozos histéricos.

Greta se había propuesto distraerla, pero Cilia no se lo ponía fácil. La segunda mañana en Ámsterdam se encerró en la habitación a llorar y se negaba a salir. Greta, lejos de dejarse derrotar, pensó en toda clase de excusas para arrastrar a su hermana a las calles frías de Ámsterdam. Por fin, ganó la primera batalla y Cilia la siguió por la ciudad con cara de fantasma.

A la hora de comer tuvieron otra discusión. Cilia quería volver a encerrarse en la habitación: le dolían los pies, hacía demasiado frío, no tenía hambre y, aunque la tuviera, la comida no le gustaba. Además, quería llorar sola y en paz. Greta tuvo que gastar mucha saliva para llevarla hasta el pequeño y coqueto local donde hacían los *panneokeks* tan típicos de la ciudad y que estaba justo al lado del hotel, detrás mismo de la monumental fuente con dos cabezas de mujer en la calle Rokin. Y gracias, porque, de haber estado más lejos, Cilia habría tenido la excusa perfecta para lograr su propósito de encerrarse en el hotel sin comer.

El pequeño restaurante se hallaba en un edificio estrecho que encajaba perfectamente con la arquitectura del centro de la ciudad. Parecía una casita de cuento, a la que se accedía subiendo un par de peldaños. Greta había visto algún que otro local como aquel en otras partes de la ciudad. Pensó que debía de tratarse de una cadena de restaurantes muy conocida. Siempre había colas en la puerta para entrar. Ellas también tuvieron que esperar un buen rato para conseguir mesa. Greta tuvo que hacer acopio de paciencia para aguantar a Cilia y sus quejas mientras esperaban bajo las temperaturas gélidas de aquellos días navideños.

Por fin pudieron entrar. Dentro se estaba calentito y se respiraba un aire juvenil y despreocupado. El personal llevaba un uniforme rojo con gorro incluido. Un camarero rubio, alto y fibroso las acompañó hasta una mesita en un rincón. Las recibió con entusiasmo y les cantó en inglés la carta de especialidades. A Greta le pareció un chico seguro de sí mismo, desenvuelto. Cuando levantó la vista para pedir, cruzaron las miradas. La de él era azul mar y cálida. Y pizpireta. En décimas de segundo, ella entendió cómo debían de sentirse las moscas cuando caían en una telaraña.

Ahora, estirada en la cama junto a su hermana, que roncaba entre pesadillas, Greta se sentía cansada, pero no podía dormir. En el bolsillo de los vaqueros aún llevaba el papel que aquel chico le había pasado disimulado bajo la cuenta.

«Salgo a las 5. ¿Me vienes a buscar?
Nye»

No se lo pensó dos veces. Cilia casi estaba agradecida de poder quedarse sola en el hotel a llorar su pena sin intromisiones. Y Greta había salido para verse con Nye.

Aquella noche, Ámsterdam se abrió como una doncella y, por primera vez desde que había llegado, Greta pudo aspirar el peculiar y magnético perfume de la ciudad.

Noche del 29 de enero de 2019

Un mes después. Habitación de Greta. La chica
está sentada en la cama con el ordenador sobre el regazo.

> Hola, preciosidad.

> Acabo de llegar a casa. Me moría de ganas de que
> se acabara el día y olvidarme del olor a *panneokeks*
> y también del aburrimiento de las clases de la tarde.
> Solo quería llegar, ponerme delante del ordenador
> y escribirte.

> ¿Te das cuenta? Hoy hace un mes que nos conocimos.
> Y un mes, menos una semana, que no nos vemos. La
> vida es muy dura. Nos muestra una joya resplandeciente,
> nos la deja tocar unos días y luego nos las quita.

> ¡Cómo te echo de menos!

Greta sonrió, feliz, mientras enroscaba el dedo en uno de los rizos pelirrojos que caían sobre su frente amenazando con taparle los ojos. Volvió a leer aquellas palabras que le alegraban el corazón.

¡Cómo te echo de menos!

Siguió leyendo los mensajes:

Hoy todo se me ha hecho extrañamente duro y extrañamente pesado: el turno en el restaurante, las clases en la facultad… Ya sabes que no soy así, o sea, que no suelo quejarme, ni hacer las cosas sin ganas. A mí me gusta disfrutar de cada momento, de lo que nos da la vida. ¿De qué sirve desear lo que no tenemos, desear imposibles y dejar pasar las cosas bellas del día a día, nuestras realidades? Esto es lo que le digo a Aaron todos los días. Que viva la vida y que salga del armazón en el que vive encerrado. Pero es cabezota. O simplemente es que es adolescente.

Que, por cierto, hoy no sé por dónde para Aaron.

Me gusta imaginar cómo habrá sido tu día. ¿Las clases han sido duras? Hace poco te quejabas de esa asignatura que se te había atravesado. ¿Cómo se llamaba?

Y en casa, ¿todo bien? ¿Cómo está Mía? A veces tengo la sensación de que la conozco. Debe de estar muy bien tener una amiga, una compañera de piso a quien poder contárselo todo. Que lo sepa todo de ti.

Voy a preparar la cena. A mi hermano le caerá una buena cuando llegue. No me gusta que no me avise cuando llega tarde.

Besos de esos tan dulces.

¿Me escribirás antes de irte a dormir?

Nye

Greta dejó el portátil en reposo, en un rincón, y se estiró en la cama. Cerró los ojos y repasó mentalmente los mensajes de Nye. No le hacía falta volver a leerlos para recordar cada palabra.

La puerta de la calle se cerró de un golpe. Mía acababa de volver de la clase de inglés y oyó un «hola» lejano. Greta no se movió de la cama. Necesitaba aquel momento para ella y para Nye.

Cuando regresó de Ámsterdam era plenamente consciente de que lo que había vivido aquellos días, aunque fueran pocos, era completamente distinto de cualquier otra experiencia amorosa anterior. ¿Existía entonces el amor?

¿Aquel amor en el que nunca había creído? ¿Del que se burlaba cuando lo veía en los ojos de los demás?

¡Existía!

Se había enamorado. ¿Cómo era posible? ¿Por qué de Nye? ¡Ah!, eso sí que no lo sabía. Estas preguntas no suelen tener respuesta.

Cuando se reencontraron después de las vacaciones de Navidad, Mía la había agobiado con su curiosidad. Ella le había enviado una foto de Nye en el restaurante. Una del primer día. Y Mía quería conocer todos los detalles de lo ocurrido. Siempre se lo habían contado todo. Pero aquella vez era diferente. Había un sentimiento indefinido al que Greta aún no era capaz de poner nombre; un sentimiento que no podía compartir y que le impedía sincerarse con Mía y contarle aquella aventura amorosa. Quizá es que Nye no era otra aventura amorosa. Fuera como fuera, Greta guardaba a cal y canto los recuerdos de sus momentos con él. Eran para ella. Y solo para ella. Como los miedos, que también era suyos y solo suyos. Sobre todo, el miedo a que Nye la olvidara pronto. A que aquel amor no creciera. Porque la distancia es el enemigo del amor recién nacido, pensaba Greta.

Por eso se alegró tanto el día que recibió el primer mensaje de aquel chico. Era el principio de una correspondencia que fue tomando cuerpo e impulso. Separados por muchísimos kilómetros, echando de menos besos y caricias, Greta y Nye se fueron conociendo poco a poco, mensaje a mensaje, desprendiéndose de todos sus secretos, a lo largo de aquellas tres semanas. Greta se iba acercando al alma de la persona amada. Un ser humano sencillo, noble y valiente, con una mochila grande y pesada a las espaldas: la de un padre ausente, una madre alcohólica y un hermano, Aaron, del que tenía la custodia y al que intentaba proteger de un mundo que los había tratado con crueldad.

Pensando en todo esto, y con las palabras del último mensaje de Nye en la retina, Greta se quedó dormida. Mía entró en la habitación y la despertó:

–Venga, señorita, que he preparado una tortilla de patata que está de muerte. ¿No la hueles?

Greta abrió un ojo. Sonrió.

–¿No me tocaba cocinar a mí? ¿No íbamos a cenar las judías verdes esta noche?

Mía ya había salido a poner la mesa. El olor a tortilla de patata llegaba directo a la nariz de Greta y la hizo salivar. Se levantó y sonrió, feliz y agradecida por cuanto tenía.

Miércoles, 18 de marzo de 2019

Biblioteca de la Facultad de Biología. Media mañana.
Greta chatea con Nye.

He tenido una bronca tremenda con Aaron. Está más raro que nunca. Absorto en su silencio. Pero hay algo más que me preocupa. Hoy he entrado en el baño cuando se estaba duchando. Siempre lo hacemos, entre nosotros no hay distancias. O no las había. Porque hoy se ha puesto como una fiera y me ha echado. Pero le he visto unas marcas en los brazos. ¿Cómo te lo diría? Todavía se me encoge al pensarlo. Llenos de cortes. Le he preguntado quién le había hecho aquello. Se ha puesto histérico, a punto de llorar.

Greta, creo que alguien le está haciendo daño a Aaron en el instituto.

Greta leyó el mensaje en cuanto abrió el ordenador en clase. Se lo había enviado Nye la noche anterior, de madrugada, inusualmente tarde. Se notaba que estaba muy preocupado. Que necesitaba hablar con ella.

Al terminar de leerlo, la invadió una gran sensación de intranquilidad. Aprovechando que el profesor aún no había llegado, salió del aula y fue derecha a la biblioteca, que a aquella hora de la mañana estaba más bien vacía. Todo el mundo estaba en clase. Mejor. Necesitaba estar sola para intentar chatear con Nye, aunque sabía que él no podría ver su respuesta hasta la noche, cuando volviera de las clases. Pero no podía esperar.

Leyó y releyó el mensaje una y otra vez y fue confeccionando una respuesta que intentaba ser tranquilizadora. Le decía que seguramente no sería para tanto. Que a lo mejor había tenido un accidente, se había caído de la bicicleta o vete a saber. Que tal vez le daba vergüenza hablar con él o que lo descubriera. Ya se sabe cómo son los adolescentes...

Se mordió el labio. Una compañera de clase pasó en ese momento por su lado y le dijo algo. Greta no la oyó. No le contestó.

Quien sí le contestó fue Nye. Enseguida. ¡Qué raro!, pensó Greta, no está en el trabajo. Y el estómago se le encogió un poco más porque intuyó que el problema era grave.

> He esperado a que se durmiera para mirarle el móvil. Por suerte, no estaba bloqueado. Tiene un grupo de WhatsApp que me ha dejado con la mosca detrás de la oreja. Aunque había pocos mensajes (he deducido que los va borrando a medida que escribe los nuevos), es el lenguaje típico de un juego. Me da mala espina.

Sin darse cuenta, Greta se movió con inquietud en la silla. Aaron estaba en una edad difícil: ¡catorce años! Era tan vulnerable... Ella tampoco estaba tranquila del todo. Volvió a escribirle. Quizá lo más prudente sea hablar con la policía. Nye respondió inmediatamente.

> ¿La policía? ✓✓

> ¿Dónde estaba la policía cuando la necesitábamos? Ah, sí, ahora me acuerdo: pasaban de vez en cuando por casa para llevarse a mi madre cuando estaba demasiado borracha, para luego enviarnos a la asistente social de turno. Aaron y yo necesitábamos estar juntos. Y ellos hacían todo lo posible para separarnos. ✓✓

Hizo una pausa. A Greta le parecía estar viendo su mirada azul impregnada de tristeza.

> No. Aaron es mi responsabilidad. Tengo que saber qué le pasa y solucionarlo. Como hemos hecho siempre. Los dos solos. ✓✓

Greta soltó un suspiro triste. Tecleó unas palabras tranquilizadoras.

> Ya verás como al final no es nada. Cosas de adolescentes. Estate atento. ✓✓

A cambio, solo le llegó el silencio.

Miércoles, 18 de marzo de 2019

Un rato después. Ámsterdam.
En casa de Nye.

Nye envió el mensaje a Greta, pero no esperó a leer la respuesta. Por suerte, Aaron no se había llevado su portátil a clase aquella mañana. Lo había dejado en la habitación. Lo cogió y se sentó en el comedor, dispuesto a averiguar lo que pudiera. Tanto él como Aaron pertenecían a la generación de internet. A veces se convertían en sus víctimas, pensó el joven con conocimiento de causa, pues sus estudios estaban relacionados con la informática. Los dos hermanos eran muy diferentes. Aaron tenía dotes de artista y era un gran dibujante. Nye siempre bromeaba y decía que no sabía de dónde había salido.

La primera sorpresa llegó al encender el ordenador.

–¿No hay nada? ¿Cómo es posible? –se preguntó Nye en voz alta.

En efecto, el ordenador de Aaron estaba en blanco. Ni directorio raíz, ni sistema operativo. Nada.

–Esto solo puede significar una cosa –se dijo.

Y se puso a indagar, con la sospecha cada vez más firme sobre el tipo de misterio que encerraba el ordenador de Aaron.

Un par de horas después, encontró el troyano básico que ocultaba todas las direcciones del ordenador. Pero dio con algo más: el último chat al que Aaron se había conectado la noche anterior.

EL CANTO DEL CISNE

Su hermano había colgado el dibujo de un cisne negro que se arrancaba una pluma ensangrentada. Debajo había escrito:

Reto número 15.
Superado.
Aaron

Poco después, recibía un mensaje que elogiaba su hazaña:

Vas bien. Sed atrevidos como Aaron. Es un ejemplo para todos nosotros.

Nada tiene sentido.

Nye notó que una angustia creciente le obstruía el pecho y le impedía respirar. Intentó calmarse. Sabía por experiencia que en los peores momentos, cuando hay que hacer la cosas bien y tomar decisiones, se debe tener la cabeza clara. Ahora tenía que reunir toda la información posible sobre aquello a lo que se enfrentaba.

EL CANTO DEL CISNE

* * *

Tecleó a toda velocidad, con la esperanza de encontrar algún juego inocente de adolescentes detrás de aquellas palabras. Pero la información que le devolvió la pantalla lo hundió en la más miserable de las realidades:

EL RETO SUICIDA VIRAL EN INTERNET

Las peores sospechas parecían quedar pequeñas al lado de lo que iba descubriendo. Uno a uno, fue leyendo los artículos que hablaban del tema. Eran numerosos y, aunque había opiniones divergentes (alguien ponía en duda la naturaleza del juego o había quien decía que no había manera de demostrar la relación entre este juego y algunos suicidios adolescentes), no dudaba de que Aaron estaba metido en un asunto turbio. Muy oscuro. Y que la situación era grave.

Cerró el ordenador y se levantó con tanta rabia que la silla cayó al suelo con un golpe seco. Como un trueno que anunciara una tormenta.

¿Por qué él? ¿Por qué Aaron? ¿Por qué les pasaba esto justo ahora? ¿Acaso la vida no los había maltratado ya bastante?

Apretó los puños. Tenía la certeza de que alguien, una mente malévola, estaba controlando a su hermano a través del juego. Sin duda, se había apropiado de su voluntad. Alguien que lo obligaba a hacerse daño, a esconderse, a mentir. Alguien que hasta le había enseñado a bloquear el ordenador para no ser descubierto. Porque Aaron no habría sabido hacerlo solo. Alguien, en definitiva, que se había adueñado de su vida.

Se estremeció al pensar que también pudiera acabar siendo el dueño de su muerte.

Durante unas décimas de segundo, las palabras de Greta cruzaron la mente de Nye:

Ve a la policía. ✓✓

Pero las apartó de su cabeza como quien espanta una mosca. *Policía* no era una palabra deseable en el vocabulario de Nye.

Nervioso como estaba, con dos zancadas se plantó en la habitación de Aaron. No sabía qué estaba buscando, pero por algún sitio tenía que empezar. Y quizá el mundo más personal de Aaron era un buen lugar.

El cuarto de Aaron era como una guarida: pequeña, pero ordenada. En los estantes había poca cosa. Alguna fotografía de cuando era pequeño, de él con su hermano: Nye siempre sonriente, Aaron siempre serio. La ausencia de su padre y de su madre, la falta de una familia, era patente en cada rincón.

Sobre el escritorio, Aaron guardaba el material de dibujo en orden y limpio. Y las paredes... ¿Cómo no se había dado cuenta hasta ese momento? Cisnes. Cisnes. Cisnes... Todos los dibujos que Aaron había colgado últimamente representaban cisnes. Todos parecían sufrir. Desfallecer. Nye sintió náuseas. Y, entonces, fijó los ojos sobre el enorme dibujo que presidía la pared de la cabecera.

Era un enorme cisne negro. Perfecto en su belleza.

Impresionante.

Muerto.

–¡Aaron! –murmuró. Y el dolor se convirtió en una lágrima gélida.

Nye se dejó caer sobre la cama de su hermano y la pena que venía a arrebatar la tranquilidad de los últimos tiempos empezó a fluir en forma de llanto. Lloró por todo lo que habían tenido que vivir. Por lo que habían conseguido. Por lo que estaban a punto de perder. Y cuando el llanto cesó, todavía entre sollozos, se hizo una promesa: protegería a Aaron de aquel juego fuera como fuera. Aunque le costara la vida. Lo vigilaría día y noche. Si era necesario, se marcharían de Ámsterdam. Y daría con el cerebro de todo aquello. Encontraría a esa persona que se creía con derecho a decidir sobre la vida y la muerte de los demás.

En aquel momento, Nye decidió abandonar todo aquello que no fuera proteger a Aaron. También tendría que distanciarse de Greta, pensó con una punzada de dolor que le atravesó el corazón. Lo haría por ella, porque mantener el contacto podía ser un riesgo. No podía seguir hablando con ella de todo aquello porque la exponía al peligro. Estaba seguro de que la persona que se escondía detrás del juego no quería ser descubierta. Por eso se aproximaría a ella de la única manera posible, sin despertar sospechas, inscribiéndose como un nuevo jugador de *El canto del cisne*, dispuesto a cumplir los retos.

Que empezara la caza.

Mañana del sábado, 30 de marzo de 2019

En casa de Nye.

El timbre del móvil despertó a Nye. Había llegado a casa a las seis de la mañana. Se había quedado dormido en el sofá de puro agotamiento. Solo había descansado un par de horas.

Hacía más veinticuatro horas que Aaron había desaparecido. Se había pasado el día anterior de hospital en hospital comprobando que no estuviera ingresado, que no hubiera sufrido un accidente, con el corazón en la boca al entrar y respirando aliviado tras averiguar que no estaba allí. Había ido incontables veces al instituto donde estudiaba su hermano, por si volvía. Había hablado con los profesores e interrogado a sus compañeras y compañeros. Había recorrido los lugares donde creía que podría haberse escondido. Porque no cabía duda de que se escondía de él. De él y del estrecho círculo que había ido levantando a su alrededor para salvarlo de aquel fatídico juego.

Pero sus esfuerzos no habían servido de nada. Aaron había hallado el modo de huir y había desaparecido. Seguramente se había seguido comunicando con los administradores del chat y había seguido sus instrucciones. Estaba en peligro. Lo sabía. No le quedó otro remedio que denunciar su desaparición a la policía.

Los agentes le dijeron que regresara a casa. Que a veces los adolescentes hacían eso, que desaparecían unas horas y luego volvían. Había que esperar. Debía permanecer en casa para cuando regresara. Pero Nye no disponía de tanto tiempo.

No les hizo caso y siguió buscando incansablemente por toda la ciudad. Solo quería encontrarlo y llevárselo de Ámsterdam. Huir. Construir un círculo más grande en el que esconderse juntos del poder de las redes. Empezar de nuevo. Como siempre.

No había mencionado el juego al policía, pues pensaba que podía perjudicar a Aaron. Durante esas dos semanas, Nye había conseguido crearse un perfil falso y una invitación para ingresar en el juego. Tener acceso al grupo era la única forma de rastrear al sujeto que había detrás. Porque, estaba seguro, tras los administradores que se comunicaban con los jugadores había un cerebro que lo tenía todo pensado. Y solo podía acercarse a él desde la apariencia de un jugador. Porque, si aquel psicópata se sentía amenazado, cerraría los grupos y abriría otros igual de secretos, igual de mortíferos.

Sin embargo, los progresos de Nye durante esas dos semanas fueron en realidad escasos. Para una persona que había reducido toda su actividad social, su vida, a internet, como debía de ocurrir con la persona que se ocultaba detrás del juego, era relativamente sencillo utilizar un sistema cifrado para ocultarse. Hoy en día, cualquiera que supiera manejar estas cosas podía obtener un servicio de anonimato a partir de un enlace de internet. Además, podía borrar toda su actividad en la red con un *software* y todas las carpetas con un programa. Nye sabía suficiente de informática para comprender todo aquello. Pese a todo, admiraba la habilidad de aquel individuo para moverse por la red. Lo malo era que el sistema de seguridad del sitio web estaba configurado de un modo que superaba sus conocimientos. El sistema rechazaba todos sus intentos de entrada. Se había concentrado en descifrar las claves de acceso poniendo en juego todas sus habilidades. Estaba atascado. Y el tiempo jugaba en su contra.

El timbre insistente del móvil lo sacó de sus pensamientos. Sabía que tendría noticias de Aaron. Pero el corazón le decía que no serían buenas. Por fin, cogió la llamada.

Escuchó en silencio.

Las palabras que escuchó al otro lado de la línea no tenían sentido: «Identificar un cuerpo».

El mundo se desmoronaba un poco más bajo los pies de Nye Drees.

Salió de casa y cogió la bicicleta. Se dirigió al Amsterdamse.

Pedaleando desesperadamente, fue al encuentro de su destino.

Madrugada del sábado, 6 de abril de 2019

Interior de L'Ovella Negra.
Greta, Mía y amigos.

Greta estaba sentada con una jarra de cerveza en las manos. Vacía.

Sola.

Había ido con sus compañeros de la facultad a L'Ovella Negra, en el Poblenou, donde tantas veces habían visto salir el sol entre música estridente, bullicio y cervezas.

Al entrar, la cuadrilla se había apretujado en una mesa larga en medio del local. Greta aprovechó que iba a buscar una segunda cerveza para deshacerse de todo el mundo. Parca de palabras y sonrisas. Concentrada en sí misma. No tanto en ella, que estaba totalmente entregada a sus pensamientos. A un único pensamiento. A su gran preocupación: Nye.

Desde que habían empezado las sospechas sobre las actividades de Aaron en las redes, Nye había cambiado. Habían cambiado sus prioridades y el contenido de los mensajes que enviaba a Greta, que ahora siempre tenían como protagonista a su hermano. Pero esto duró relativamente poco, porque después del mensaje que había leído en la facultad, hacía más de dos semanas, Nye había enmudecido.

Nada de lo que había hecho para comunicarse con él había servido. Siempre tenía el teléfono fuera de cobertura. No respondía a sus mensajes de correo. ¿Qué le había ocurrido?

Con el paso de los días, Greta fue cayendo en un estado de angustia que la consumía. Sin darse cuenta, se fue encerrando en sí misma, en aquel pequeño mundo que había construido con Nye y donde no dejaba entrar a nadie. No salía. No estudiaba. Dormía poco. Su vida giraba alrededor de la pantalla del ordenador, del móvil, y tenía el corazón lleno de dudas y miedo. ¿Qué le pasaba a Nye?

Solo había una forma de saberlo, de plantar cara a la angustia; de no volverse loca. Aquella misma mañana, Greta había comprado un billete de avión con destino a Ámsterdam. Salía al día siguiente.

No apartaba la vista de la jarra vacía que tenía en la mano, con la mirada aún más vacía. Estaba muy cansada y pensó que era un buen momento para hacer mutis y volver a casa. Al pasar frente a la barra, una carcajada conocida le hizo volver la cabeza. Mía reía ruidosamente y coqueteaba con un chico. Se fijó mejor. No era un compañero de la facultad. Era un desconocido. Un desconocido muy bien plantado.

De repente, una rabia sorda y lacerante le perforó las entrañas y le empañó los ojos. No, no puso nombre a aquel sentimiento mezquino, pero tampoco pudo obviarlo. Estaba celosa de Mía. De su risa. Del brillo de sus ojos. De la normalidad de su vida. Normalidad que, en su caso, se había vuelto angustia desde que Nye, su secreto mejor guardado, se había colado en su existencia.

Aquella noche, Mía había tenido que insistir mucho para que Greta accediera a salir de fiesta.

—¿Otro viernes en casa encerrada? —le había dicho preocupada.

—No me apetece salir.

—Vas a acabar criando moho.

Greta no levantó la mirada del ordenador. No miró a su amiga.

—No te quedas a estudiar. No me lo creo. Vas peor que nunca en la facultad.

—¿Te quieres callar ya, pesada?

Mía no se amilanó.

—No, no me pienso callar. Vente, va... Vente... Vente...

Y se le echó encima sin parar de repetir la súplica.

K. O.

Mía había ganado por K. O. Y Greta la siguió sin ganas, sin apartar la vista de la pantalla del móvil, buscando la soledad. Tampoco había sido capaz de digerir la escena de Mía, toda ella una gran sonrisa, pegada a aquel chico que se la comía con los ojos.

Ya no podía más.

—Mía, vámonos a casa —le dijo casi al oído para hacerse oír en medio del ruido.

—Pero ¿qué dices?

—Que me encuentro mal.

—¡Greta!

—Que este tío no es para ti.

—¿Qué has bebido?

—¿Te lo he pedido alguna vez? Necesito que me acompañes a casa, de verdad. No vas a perder gran cosa por venir conmigo.

Mía se dejó arrastrar a la calle con la mirada del chico clavada en la espalda. Greta insistió en que no se encontraba bien. Pararon un taxi. Ninguna de las dos abrió la boca en todo el trayecto.

Madrugada del sábado, 6 de abril de 2019

Interior. Sala de estar de un piso de estudiantes: pequeño y desordenado. Mía y Greta vienen de la calle.
Parece que discuten.

—No te pongas así, Mía. No es para tanto –se defendió Greta sin demasiada convicción.

Al entrar en casa, Mía había encendido la luz de la sala de estar y el silencio que las había acompañado todo el viaje desde el bar había estallado en mil pedazos. Pedazos punzantes, hirientes, amenazadores; minúsculos cristales afilados que salían de la boca de Mía sin cesar.

Greta trataba de interrumpir el alud de reproches que su amiga le soltaba; quería defenderse. Justificarse: «No eres justa. Estás exagerando. ¿Por qué dices eso?».

Pero tenía mala conciencia y sabía perfectamente que había actuado con malicia, que estaba celosa, con unos celos injustificables que ni siquiera ella entendía de dónde salían. Quizá habían sido aquellas semanas tan duras sin saber nada de Nye. Sufriendo. Sintiéndose sola. ¿Por qué no había confiado en Mía? Entre ellas nunca había habido secretos. No los habían tenido hasta ahora. Porque Nye había acabado convirtiéndose en un secreto. No sabía muy bien por qué.

Mía fue a cambiarse a la habitación y luego entró en la cocina. Greta aprovechó la tregua para sentarse en el sofá con los ojos cerrados. Respiró profundamente. ¡Cómo sufría por Nye! Y qué forma de estropearlo todo con Mía. Se sintió pequeña e inútil. Desgraciada.

Se quitó un zapato, el del pie derecho. Era un bonito zapato negro, de terciopelo, con la plataforma muy alta y los dedos al descubierto. Le gustaban mucho aquellos zapatos. Pero arrojó al suelo el que tenía en la mano. Con rabia. El zapato quedó extrañamente de pie. Vacío. A la espera de no se sabe qué. O de quién.

Mía se sentó en el sofá a su lado y Greta la abrazó. Siempre se habían abrazado con cariño. Incluso en los malos momentos; como aquel. Si es que habían tenido alguna vez un momento tan malo como aquel. Buscó la mirada de la amiga. ¡Estaba tan enfadada! ¡Y a ella le sabía todo tan mal! ¡Y estaba tan cansada...!

Abrió la boca para pronunciar esa disculpa que debía haberle dicho hacía rato. Tal vez también era el momento de sincerarse. De hablar de Nye a Mía. De lo que estaba pasando. Sí. Mía lo entendería todo. Hablarían con calma. Lo entendería. Entendería sus nervios. Aquella salida de tono que había tenido.

Pero, en aquel preciso instante, Mía se levantó del sofá para irse a su cuarto. Ya era tarde para disculpas. Para confidencias. Mía se volvió hacia ella y abrió la boca. Las terribles palabras salieron una a una y, una a una, fueron clavándose en el corazón de Greta:

«Ojalá te murieras ahora mismo».

* * *

Se levantó del sofá. Volvió a calzarse el zapato del pie derecho. Tambaleándose, con los ojos anegados en lágrimas y el corazón bombeando su pena, Greta fue a su habitación.

Se echó en la cama vestida e intentó dar sentido a lo que había pasado. Trató de quitar hierro a las palabras de Mía. Solo estaba enfadada. No era ella quien había dicho aquello, sino la rabia. Si hubiera tenido tiempo de contarle todo lo que le estaba pasando, lo que estaba sufriendo, no habrían llegado a ese extremo. Pero ni siquiera le había dicho que al día siguiente se marchaba a Ámsterdam.

Aun así, pensó que todavía podía arreglarlo.

Cogió el ordenador y se dispuso a escribir un correo a su amiga. Por la mañana, cuando se levantara, ella no estaría, pero Mía recibiría una explicación. Se habría sincerado y, a la vuelta, con los ánimos sosegados por la distancia, hablarían.

Mía:

Antes que nada, quiero decirte que siento mucho lo que ha pasado esta noche. No he sabido controlar mis sentimientos y he hecho una tontería. Es normal que no entiendas mi comportamiento, que estés enfadada. Quiero que sepas todo lo que me ha pasado durante estos meses.

Nos conocemos bastante y ya debes de haberte dado cuenta de que no estoy bien. El motivo es Nye, ¿te acuerdas?, el chico de Ámsterdam. Bueno, él exactamente no. A él lo quiero. Y él me corresponde. Pero ahora le está pasando algo, ¿cómo decirlo?, preocupante...

Greta fue desgranando la historia de Nye, de Aaron y de aquel grupo que sospechaban que había detrás del comportamiento extraño del hermano de Nye. Palabra por palabra, fue contando a su amiga lo que había sucedido y que al día siguiente salía muy temprano a Ámsterdam, porque hacía dos semanas que no tenía noticias de Nye y estaba muy angustiada. Que no la despertaría para despedirse; que prefería que hablaran con calma a la vuelta, que sería más fácil. Seguramente sabría más cosas y los problemas se irían solucionando poco a poco.

> Todo se pondrá en su lugar. Ya lo verás.
> Te quiero, amiga mía.
> Greta

Releyó el correo y corrigió un par de cosas. En aquel mismo instante sonó el móvil.

Acababa de entrar un mensaje con remitente oculto.

> Soy un amigo de Nye. Estudio en Barcelona. Me ha pedido que nos veamos. Tengo que entregarte un mensaje suyo. No es seguro hacerlo de otra manera. Te espero en el parque de la Pegaso dentro de media hora, donde el lago.

Greta cerró el ordenador. No había enviado el mensaje a Mía, se había olvidado.

Se puso los zapatos. Cogió el bolso y salió.

Madrugada del sábado, 6 de abril de 2019

Cuatro de la madrugada. Parque de la Pegaso.
Greta. Un desconocido.

El viento era fresco, suave e intermitente. El silencio se extendía de forma perezosa por el parque. Greta nunca había estado allí a aquellas horas. Parecía el escenario de un cuento infantil; extrañamente tranquilo. Extrañamente vacío.

Tropezó un par de veces. Caminaba demasiado rápido para unas plataformas tan altas. Las piedras del suelo crujían y le devolvían la música de sus propios pasos.

Procuró ocupar la mente en pensamientos positivos para distraer la angustia y los nervios. Recordó nítidamente la primera vez que Mía y ella habían visitado el parque. Todavía no tenían piso para vivir en Barcelona, pero llevaban las mochilas llenas de ilusiones. ¡Qué traidor, el tiempo! ¡Cómo lo cambia todo!

A las dos les gustó mucho aquel espacio verde y azul y estuvieron de acuerdo en que estaría bien vivir cerca de allí. Aunque al principio Mía tuvo dudas.

–Pero la facultad nos queda lejos –protestó siempre tan práctica.

Y Greta dice que sí, pero ¿y qué?, para eso se han inventado los transportes públicos, mujer. Que a ella, el barrio le gustaba.

–Pero ¿no es mejor el piso que hemos visto en Les Corts?

Y Greta le dice que no, que además este barrio debe de ser mucho más barato.

En eso tenía razón. Y, como siempre, acabó llevando a Mía por donde ella quería. Pero no le costó mucho convencerla. Porque a su amiga también le había gustado el barrio. Y aquel parque cercano.

Greta llegó al lago. Los recuerdos agradables se desvanecieron y los nervios le daban punzadas en el estómago. ¿A qué venía todo aquel misterio? ¿Quién era aquel amigo de Nye que vivía en Barcelona y del que nunca le había hablado? ¿Qué estaba pasando para que no pudiera explicárselo por teléfono ni por correo? ¿Acaso había sido demasiado confiada al acudir a aquella cita?

El rumor de unos pasos le hizo volver la cabeza. Una silueta se aproximó a ella. Era un chico. Vestía pantalones anchos y ocultaba el rostro bajo la capucha de una sudadera que lo cubría entero. Greta se le acercó. Había ahuyentado todas las dudas y recelos y solo tenía en mente a Nye.

Fue a abrir la boca para preguntar. La figura hundió la mano en el bolsillo y sacó un objeto. Brillaba. Greta se lo quedó mirando y, al instante, se oyó un estallido. Seco. Casi inofensivo. De feria.

Greta cayó al suelo sin darle tiempo a despedirse de la vida.

TERCERA PARTE

«Y, cuando mi voz calle con la muerte,
mi corazón te seguirá hablando de amor».
Rabindranath Tagore

Mañana del jueves, 11 de abril de 2019

Primera hora de la mañana.
Despacho de la inspectora Bermúdez.

A las ocho y cuarto, la inspectora Bermúdez llega a la comisaría con aspecto descansado, activa. En plena forma. Cruza los largos pasillos con paso firme, perforando el suelo. Balbucea algún que otro *buenosdías* distraído a la gente que se cruza y se encierra en el despacho.

A las nueve y cinco le entra una llamada. La estaba esperando.

–Buenos días, Erik –saluda en inglés.

Al otro lado de la línea telefónica, Erik Bouman le devuelve el saludo desde la Police Station Amsterdam de Burgwallen.

A la inspectora le viene a la mente el edificio en forma piramidal de aquella comisaría de policía, con las grandes letras blancas estampadas en los muros de cristal a modo de bienvenida: POLITIE. Hace unos años pasó allí una temporada. Un intercambio policial y muchas experiencias compartidas. Y una gran amistad con Erik Bouman, que desde aquella época (¿unos diez años?) fue escalando puestos hasta llegar a jefe de policía adjunto. Una amistad que hace posible que, tras los saludos de rigor, Erik en persona (pues no ha querido delegar en nadie la llamada a la inspectora) empiece a explicarle el resultado de las investigaciones llevadas a cabo en Holanda y que los cuerpos de policía de los dos países deben compartir.

–La pista de Nye Drees ha sido definitiva, inspectora. A raíz de las averiguaciones que me trasladaste sobre el muchacho, han ido saliendo a la luz cosas muy interesantes. Asuntos relacionados con investigaciones que ya teníamos en marcha.

–Explícate.

–La misma mañana de la muerte de esa chica, se halló un cadáver flotando en el lago Bosbaan. Debido a la poca profundidad del agua el cuerpo era visible, y un ciclista que pasaba por la zona a primera hora de la mañana, cuando aún no había salido el sol, lo descubrió.

–¿Un cadáver que identificasteis como...?

–Aaron Drees.

–Aaron era el hermano de Nye –no pregunta, sino afirma la inspectora.

Erik le cuenta todo lo que saben. La triste historia de una familia desestructurada. El hermano mayor a cargo del pequeño al que cuida. Su lucha para evitar que los separen.

La inspectora traga saliva antes de formular la pregunta.

–¿De qué día estamos hablando?

–Del sábado, 30 de marzo. Según todos los indicios, Aaron se suicidó aquella madrugada. Nye murió unas horas después, a media mañana, cuando se dirigía al parque en bicicleta para reconocer el cuerpo de su hermano. Fue víctima de un atropello.

–¿Un atropello?

El tono ha sido bastante elocuente. Los dos policías se entienden bien, a pesar de encontrarse a kilómetros de distancia y no poder mirarse a los ojos.

–De hecho, como te decía, ya estábamos investigando la muerte de Nye Drees. El accidente nos parecía sospechoso.

Una pausa breve.

–¿Sabes que denunció la desaparición de su hermano el día antes de la muerte de ambos, con apenas unas horas de diferencia?

La inspectora Bermúdez ha ido tomando notas durante la conversación. Las piezas del puzle empiezan a encajar en su cabeza. Y lo que Bouman le cuenta después la llena de razones. El registro del piso que compartían los hermanos proporcionó pistas decisivas para la investigación, que poco a poco se iba encarrilando hacia aquel terrible juego en línea.

–Durante el registro, los de la Científica encontraron un gran dibujo que cubría el cabecero de la cama de Aaron. Era un magnífico cisne negro. Muerto. Había dibujos por todas las paredes. No hay ninguna duda de que Aaron era el autor. En su instituto mencionaron el talento artístico del chico. –Erik hace una pausa. Como si pensara en lo que dirá a continuación–. Todos tenían un tema en común.

–Los cisnes.

–Sí –afirma Bouman–. Los cisnes.

Según el policía holandés, los ordenadores de los dos hermanos habían sido manipulados. Habían borrado información. No habían encontrado el teléfono de Aaron. Probablemente lo tiró al lago antes de suicidarse. El de Nye quedó destrozado en el atropello.

–Aun así, recuperamos una parte del material de los ordenadores. Nye se había informado ampliamente sobre *El canto del cisne*. Tal como nos dijiste, mantenía correspondencia con la chica asesinada en Barcelona. Greta, ¿verdad?

–Sí.

–Ya visteis en el ordenador de la chica que él le había hablado de la existencia del juego y que estaba preocupado por la implicación de su hermano Aaron.

La inspectora se pone un poco nerviosa. Resopla imperceptiblemente. Toda la información que su compañero holandés le está dando es la que ella misma le trasladó veinticuatro horas antes, en cuanto recuperaron algunos archivos del ordenador de Greta. ¿No han investigado nada en Holanda? Lo cierto es que la inspectora es una mujer impaciente.

Pero enseguida llegan las novedades.

–Se introdujo en el juego –dice de pronto Erik con la voz grave.

Y Bermúdez abre los ojos como platos.

–¿Quién? ¿Él?

El policía holandés hace un gesto afirmativo con la cabeza, que la inspectora no puede ver. No le hace falta.

–Sí, Nye. Con un perfil falso, claro. Aun así, actuó sin protegerse. Se expuso. –Hace una pausa y prosigue–: La correspondencia con Greta, según hemos comprobado, era abundante. Y la comprometía. A menudo le decía que la llamaría para ponerla al corriente de lo que sabía. Los dos hablaban mucho de Mía. Para alguien con una mente tan retorcida como para crear esta clase de juegos, que seguramente no quería dejar ni un error a su paso, era fácil llegar a la conclusión de que las dos chicas y Nye compartían información. Información que podía poner en riesgo su anonimato.

–Claro.

–Pero hay algo fundamental. Un hallazgo.

Bermúdez se olvida de respirar. Se rasca la cabeza y arruga la frente.

–En la mochila de Nye había un diario. El diario de Aaron. No aporta nombres, pero se puede deducir que los cisnes que dibujaba no eran solo una fijación inocente. Eran el reflejo de las pruebas que iba superando. El día antes de ser hallado en el lago del parque, dibujó en el diario un cisne muerto.

El suspiro de impotencia de la inspectora Bermúdez llega con claridad al otro extremo del hilo telefónico. Cuánta maldad hay en el mundo, piensa. Cuántas vidas inútilmente destruidas. Erik debe de estar pensando lo mismo. Se hace un silencio denso hasta que se despiden.

–Evidentemente, seguiremos esta línea de investigación. Te mantendré informada.

–Yo también.

Y cuelga. La inspectora Bermúdez se apoya contra el respaldo de la silla y cierra los ojos durante unos segundos. No puede dejar de pensar en aquel adolescente, inducido seguramente a suicidarse por un loco, por un despojo humano. Tampoco puede apartar de su cabeza a las otras víctimas del caso: Nye, Greta... Y Mía, que también está en peligro.

La muerte, cuando ataca a los jóvenes, a los que aún no han vivido, adopta una sonrisa extraña y horripilante. Es la victoria de la nada ante la vida.

Piensa en Pau.

Siempre piensa en Pau.

Mediodía del jueves, 11 de abril de 2019

Sala de reuniones de la CGIC.
La inspectora Bermúdez y el subinspector Grau,
Mía.

No se ha levantado para recibir a Mía, ni la ha invitado a sentarse. Ha sido Grau quien ha señalado con la mirada una silla. Con la conversación con su compañero holandés resonando todavía en sus oídos, la inspectora dispara una batería de reproches a la chica.

—El subinspector me ha informado de lo que has hecho. Aunque era de esperar, ¿no? No se le pueden pedir peras al olmo.

Mía se queda desconcertada. Álex suspira y mira al techo. Sabe que lo que ha hecho Mía no está bien. Y sabe que ahora no puede interrumpir a su superior. Mía no lo sabe. No sabe ni lo uno ni lo otro. La joven interrumpe a la inspectora. ¡Craso error!

—Yo solo pensé que...

—No, si el problema es que no pensáis. Los jóvenes hacéis, hacéis... Y las consecuencias de lo que hacéis, ¡ay, mira!, ya se apañarán los que vienen detrás, ¿no?

Silencio.

La inspectora se da cuenta de que no está hablando con Mía. Sino con Pau. Vuelve a reñirle. Siempre le estaba riñendo. Se aclara la voz.

–Te lo voy a decir solamente una vez, guapa. Te vuelves a entrometer, nos vuelves a ocultar otra pista, y hago que te detengan.

La fuerza con que ha dicho estas palabras hace que Mía baje la cabeza y que una lágrima le brille en los ojos.

–Además, ¿qué te creías? ¿Que no somos lo bastante espabilados para seguir las pistas que tenemos? Seguimos la pista de Nye Drees desde que obtuvimos datos del ordenador de Greta. ¿O es que pensabas que te necesitábamos a ti y las fotos de tu móvil para empezar a investigar?

Bermúdez hace una pausa. Solo es una tregua.

–Otro paso en falso y pido una orden judicial para requisarte el móvil, el ordenador y todo lo que haga falta. ¿Entendido?

Silencio. Ha sido un golpe bajo.

–Si aún no lo he hecho es porque no te considero sospechosa.

La inspectora baja el tono.

–Pero nos iría muy bien que nos dejaras analizar esos mensajes que dices que te han enviado... Voluntariamente, claro.

Mía saca el móvil del bolso y lo deja sobre la mesa.

–Pero yo no les he mentido. Se lo juro.

–Ya lo sé. No hace falta que me lo jures. A ti también te han intentado matar. Quizá porque quien mató a Greta creía que sabías más de lo que sabes. De lo que Greta te contó.

–No la entiendo. Créame que no la entiendo.

La inspectora se queda mirando fijamente a Grau. Él coge un expediente, lo abre y rebusca entre los documentos. Saca una hoja.

–Los compañeros hicieron un vaciado del ordenador de Greta. Esto lo escribió para ti el mismo día que la asesinaron. No te lo llegó a enviar.

Mía toma la hoja con las manos trémulas:

Mía:

Antes que nada, quiero decirte que siento mucho lo que ha pasado esta noche. No he sabido controlar mis sentimientos y he hecho una tontería. Es normal que no entiendas mi comportamiento, que estés enfadada. Quiero que sepas todo lo que me ha pasado durante estos meses.

Levanta la cabeza y mira a los policías con los ojos arrasados en lágrimas. Sigue leyendo en silencio mientras intenta arrancarse las lágrimas, que convierten las palabras de Greta en manchas borrosas. Mueve los labios al compás de las palabras. Llega al final:

Todo se pondrá en su lugar. Ya lo verás.
Te quiero, amiga mía.
Greta

Ahora el llanto de Mía se vuelve intenso, histérico. Álex Grau le quita el papel de las manos con delicadeza y le ofrece a cambio un pañuelo. La inspectora espera unos segundos y, con la intención de interrumpir aquella explosión de emociones, dice con voz potente:

–Tenemos información que nos abre una línea de investigación nueva. ¿Has oído hablar de *El canto del cisne?* –pregunta.

Y sin esperar respuesta, mientras la cabeza de Mía sigue intentando procesar sus sentimientos y tratar de recordar dónde ha oído aquella expresión y qué significa, la mujer le cuenta todo aquel horror.

Mía la ha escuchado en silencio y se ha quedado conmocionada. No dice nada. Mira a la inspectora con los ojos muy abiertos. Parece que esté esperando algo. ¿Quizá unas palabras tranquilizadoras de la policía? Que le digan que todo ha sido una broma macabra.

Álex Grau, que no ha abierto la boca desde que han entrado en el despacho, sale sin hacer mucho ruido y enseguida regresa con un cortado de máquina y un paquetito de galletas. Lo deja todo sobre la mesa y, con la mirada, invita a Mía a comer un poco y a rehacerse.

–Es que no me lo puedo creer. ¿En serio, existen estas cosas? –pregunta Mía recobrando el habla, mirando con desconfianza aquel improvisado desayuno.

Grau afirma con la cabeza.

–¿Juegos suicidas *online?* –La chica se lleva las manos a la barriga; una extraña sensación le recorre las entrañas–. ¿Y Greta, mi Greta, y Nye estaban envueltos en eso?

La inspectora Bermúdez la mira fijamente. Le acaba de contar por encima toda la historia. O más bien hasta donde puede contarle. No gran cosa, claro. Solo lo que Mía debe saber. Más que nada, para no exponerla a un peligro mayor. Sin embargo, parece que su explicación no ha servido de nada. Se vuelve hacia Grau pidiéndole auxilio con la mirada. A Bermúdez no se le da bien hablar con esta juventud que no quiere entender nada.

—Es secreto de sumario —dice el subinspector cogiendo el relevo—. De momento no podemos decirte nada acerca de tu amiga. Ni tampoco del chico holandés.

Mía aprieta los labios y su expresión se ensombrece. Está aterrorizada. Quiere, necesita saber más cosas. Aunque en el fondo, tal vez, lo mejor sea desentenderse de todo.

—Pero ¿cómo? ¿Qué significa un «juego suicida»?

Grau entiende la inquietud que la perturba. Su experiencia le ha enseñado que cuantas más cosas se saben con certeza de un asunto, mejor. Es más fácil combatir el miedo. Se dispone a explicarle a Mía en qué consisten más o menos estos juegos.

—Son juegos en línea basados en la relación entre los jugadores, que suelen ser adolescentes, y uno o más administradores. Se comunican por cuentas de WhatsApp o por correo electrónico. Consisten en proponer unos retos que los jugadores deben ir superando.

—¿Como unas pruebas?

—Exacto.

Grau hace una pausa. Se trata de escoger las palabras, de no asustar más a Mía.

—Las primeras son sencillas: ver una película de miedo; pasear de noche solo, por un lugar solitario y tenebroso... Cosas así. Pero poco a poco se van complicando.

—Hasta que se...

La joven se ahorra la palabra. Está horrorizada.

–¿Y nadie hizo nada para evitar esa barbaridad? –pregunta, y dos lágrimas se agolpan en sus pestañas hasta que empiezan a caer por sus mejillas.

–No es fácil –la inspectora se ha apresurado a intervenir–. Las áreas de investigación cibernética de varios cuerpos de policía del mundo están encima de todo esto. Pero es muy difícil demostrar que un suicidio ha sido inducido. Se sabe que existen los juegos, pero no quién está detrás. Los administradores son *hackers* expertos. No dejan pruebas. Y esto impide que puedan establecerse conexiones directas entre los suicidios sospechosos y los juegos. Solamente disponen de indicios, y a partir de ahí investigan.

Ella misma se sorprende de haber hablado tanto. Y añade:

–Créeme.

–Pero Greta no era una adolescente ni estaba enganchada a ningún juego. No se habría dejado embaucar con algo así. Vosotros no la conocíais, pero ¡yo sí! ¿Cómo iba a estar relacionada con todo esto?

Bermúdez resopla. No puede darle más explicaciones. Y si pudiera, tampoco se las daría. La joven ya ha actuado por su cuenta una vez. No puede poner la investigación en peligro.

En ese momento, Mía pone los ojos como platos y cambia su expresión de abatimiento por un gesto casi esperanzado. Necesita aferrarse a algo.

–Pero no hay pruebas, ¿no? Lo ha dicho antes. Y, sin pruebas, puede que eso no sea verdad. Que el juego no exista. Por las redes corren otros muchos retos. Los adolescentes suelen subir fotos retocadas, ¿no? Juegos, al fin y al cabo. Juegos sin consecuencias –y repite bajito–, ¿no?

Álex Grau sonríe con un destello en la mirada. Como si un solo destello de sus ojos pudiera acabar con toda la maldad del mundo.

–Nos podemos equivocar, claro que sí. Pero eso no devolverá a la vida a Nye ni a Greta. Ni hará que tú dejes de estar en peligro. Y, para tu tranquilidad, se están siguiendo otras posibles vías de investigación. Confía en nosotros.

Los dos policías se miran y se entienden enseguida. No tienen que decir nada más.

El cortado de Mía se ha enfriado. Aparta el vaso y las galletas. Imposible pensar en comer nada. Está horrorizada.

–¿Cómo un adolescente con toda la vida por delante llega a caer en esto?

–Los perfiles coinciden. Se han investigado posibles víctimas. Chicos y chicas depresivos que a menudo utilizan e intercambian imágenes del juego para articular sus sentimientos. Creen que el juego es una salida a sus problemas. Que por superar los retos son valientes –explica la inspectora.

Nadie se ha dado cuenta, pero le ha temblado la voz y carraspea.

–¿Y los administradores? ¿Quién es capaz de hacer algo así?

–Detrás de los administradores está la figura de un psicópata, evidentemente. Algún desarraigado, tal vez una persona con muchos problemas desde la infancia, que solo se relaciona con su ordenador. Un manipulador inteligente. Quizá un asesino sin escrúpulos que no está dispuesto a ser descubierto –afirma Grau.

–Un inquietante cisne solitario –dice Mía.

–Y letal –sentencia la inspectora.

Jueves, 11 de abril de 2019

De noche. En casa de la inspectora Bermúdez.

La inspectora Bermúdez llega a su casa.

Son las diez y pico de la noche y está reventada. Se quita las deportivas y las tira al suelo de mala manera.

Se acerca al equipo de música y lo enciende. Los altavoces inundan la espaciosa sala de estar con las notas del *Concierto para dos violines* en la menor de Antonio Vivaldi. Va hacia la cocina. No piensa prepararse nada para cenar; tiene la nevera llena de zumos de tomate envasados para sacarla de un apuro culinario.

No se molesta en verterlo en un vaso. Ni en añadirle pimienta. Con el frasquito de zumo en la mano, se dirige a la sala y se deja caer sobre el sofá.

De repente, los ojos se le llenan de lágrimas y le sobreviene el llanto. Ese llanto incontrolable, viejo amigo, que no parece responder a normas y asoma cuando quiere.

Su Pau. Pau. Aquel niño rubio de ojos claros y traviesos que se acabó convirtiendo en un adolescente alto y espigado, desmañado, que parecía no tener control sobre su cuerpo. Ni su alma. Porque Pau apareció muerto un mal día de sobredosis.

El hijo de su única hermana nació cuando Elena Bermúdez tenía trece años. Para ella fue más un hermano que un sobrino. Casi un juguete. Definitivamente, un regalo. El niño creció inseparable de su joven tía. Siempre estaban jugando. Tanto él como ella. Hacían las mismas travesuras, se escondían juntos y los dos se aguantaban la risa cuando Sílvia, la madre de Pau, los reñía.

A los veinte años, Elena abandonó el nido familiar para irse a vivir sola. Estudios, algún que otro amor; errores y aciertos. Pocos. A pesar de todo, nada agrietó aquel vínculo tan fuerte, indestructible, entre tía y sobrino.

–¿En qué momento ocurrió? –se pregunta Elena, limpiándose las lágrimas con la mano–. ¿En qué momento lo perdí... lo perdimos?

Elena había empezado a estudiar Derecho, pero al poco tiempo lo dejó. Trabajó en mil cosas. Siempre eran trabajos precarios. Hasta que un día vio una convocatoria para unirse al cuerpo de Mossos y que despertó en ella una extraña vocación. Le gustó. Era buena, se lo decía todo el mundo, y se graduó con honores. ¿Ya entonces se había alejado de Pau? Es posible.

A los veintiocho años era sargento. Un ascenso rápido. Orgullo en su voz cuando lo contaba. Y aquella suerte de sensación de haber nacido para salvar al mundo del mal, para dar lecciones a los demás.

¡Qué estúpida!

Pau fue a verla a su casa una noche. No hacía mucho del ascenso. Fue la última vez que Elena lo vio con vida. A aquellas alturas, su hermana ya se había separado de su cuñado. Pasaba una mala época y trabajaba mucho. El padre de Pau no la ayudaba con nada. No habían quedado precisamente como amigos. Pau no podía contar mucho con su padre o su madre. ¿Y con ella? ¿Y con la tía que había llenado su infancia de risas y juegos? No, tampoco podía contar con ella, porque siempre estaba desbordada de trabajo. Tanto era así que la noche que recibió aquella extraña visita no notó nada raro. Ni el mal aspecto de Pau. Ni que estaba taciturno y hablaba poco. Ni siquiera le preguntó qué quería, qué necesitaba, a qué se debía la visita.

No reparó en nada. Elena se limitó a aleccionar al chico, que solo tenía quince años, sobre los peligros que tenía alrededor; peligros que seguramente él conocía mejor que ella.

–Sobre todo, nada de drogas, Pau. Ni alcohol. Tú no sabes la de cosas con que tratamos a diario. Te destrozarían la vida.

Al día siguiente lo hallaron muerto. Ya hacía casi veinte años de aquello. Pero el tiempo se había parado. Pau sería para siempre un adolescente desconcertado más, perdido, al que ella había dejado morir. Porque no había sabido escuchar sus gritos sordos de auxilio.

Su Pau.

Elena se enfadó con el mundo. Era menos doloroso enfadarse con el mundo que con una misma. Se convenció de que su sobrino la había traicionado. No había confiado en ella. Era incapaz de lidiar con su dolor y su fracaso; reconocer su parte de responsabilidad. Y, a medida que fue ascendiendo peldaños en el cuerpo de Policía, se fue apartando de los casos que requerían tratar con jóvenes. Ayudarlos. Salvarlos. Si no lo había hecho con Pau, no lo haría con nadie.

Pero ahora aquellos jóvenes muertos (Aaron, Greta y Nye) y Mía, que corre peligro, no dejan de rondarle la cabeza. Le ha endosado la chica a Grau tanto como ha podido. Pero sabe que, si no ayuda a la joven, si no hace caso de ese sexto sentido que le dice que alguien va a por ella, Pau no descansará tranquilo. Se revolverá en su tumba. Y será como volver a dejarlo morir.

Tiene que cerrar el círculo. ¡Y tiene que hacerlo ya!

Se levanta del sofá y se dirige a su cuarto arrastrando los pies. Se estira vestida sobre la cama, casi dispuesta a dialogar con su insomnio crónico. Y, por primera vez en mucho tiempo, cae rendida por un sueño tranquilo.

Madrugada del sábado, 13 de abril de 2019

L'Ovella Negra.

Mía ha vuelto a L'Ovella Negra, igual que hizo una semana atrás. Nadie se imagina lo que le ha costado. Pero tenía que hacerlo. Es necesario.

Tiene un plan.

No ha sido capaz de asistir al entierro de Greta. Y no solo porque tenía que pedir permiso policial para salir de Barcelona e ir a Castellfolit, donde nació su amiga; donde ha sido enterrada. Álex Grau le dijo que si lo solicitaba, y bajo vigilancia, podría asistir a la despedida. Pero ella no ha querido. O tal vez no haya podido. Bien pensado, le ha ido bien que no la dejen abandonar la ciudad, que la mantengan bajo vigilancia. Sabe que no habría sido capaz de decirle adiós a Greta de aquella manera.

Cuando entra en el local del Poblenou con los del grupo de la facultad, todo se le remueve por dentro. La herida está demasiado tierna y sangra. Pero respira hondo y sostiene la mirada a sus amigos con una leve sonrisa en los labios. Mil pensamientos hierven a la vez en su cabeza.

Tiene un plan.

Piensa en él.

Piensa todo el tiempo en cómo perpetrarlo. Lleva pensando en él toda la semana, la peor de su vida. Día tras día, ha ido gestando su despedida de Greta. Tienen que estar solas para poder hablar con libertad. Solas como cuando la muerte aún no las había visitado, y todo era como antes, y siempre iban juntas a todas partes.

Tiene que decirle todo lo que la quema por dentro. Debe hacerlo en el lugar exacto donde su amiga cayó muerta. Y, si puede ser, a la misma hora en que perdió la vida.

Ha dibujado la escena mentalmente una y otra vez. No ha dejado de darle vueltas ni por un instante, lo cual le permite ir puliendo el plan e ir eliminando obstáculos.

Antes que nada, debe deshacerse de los policías que la vigilan día y noche. Le da muchas vueltas al asunto hasta que piensa en Raúl, un compañero de clase especialista en meterse en líos. Ir con él a cualquier parte es bronca segura. Si se lo pide, es capaz de montar un numerito especial con traca final incluida. Seguro que el policía que esté de guardia intervendrá. Le saldrá la vocación de servir y las ganas de restablecer el orden y estará distraído unos minutos. Y con unos pocos le basta. Los suficientes para salir del local y desaparecer.

Si lo consigue, irá corriendo a casa. Quizá lo mejor será coger un taxi. Se cambiará de ropa, quiere ir vestida como iba la última noche de Greta, y cogerá la rosa roja que ha comprado antes, esa misma tarde. Las rosas rojas son, eran, las flores preferidas de Greta. De casa al parque no hay ni diez minutos andando. Estará pendiente de que no la sigan.

El parque de madrugada debe de estar desierto. Podrá decirle a Greta lo que tiene que decirle. Le podrá pedir perdón. En voz alta. Allí donde cree que su alma vaga todavía.

Ella la escuchará, está segura. Y la perdonará.

El plan no debería salir mal. O tal vez sí. Pero le da igual. Al menos, lo habrá intentado. Y, si esta vez no sale bien, lo intentará las veces que haga falta.

–Pero ¿se puede saber qué mosca te ha picado? –le pregunta Raúl.

El chico no ha entendido muy bien los motivos de su amiga para pedirle lo que le ha pedido. O más bien no los ha entendido porque Mía no se los ha explicado. Solamente le ha suplicado que, cuando ella lo avise, monte una bronca en la puerta. Se la ha quedado mirando con extrañeza, como si no supiera de qué le está hablando.

–¿Tanto te cuesta? Si te sale natural.

–¿Me estás diciendo que soy un provocador? –Y le guiña un ojo con una sonrisa de soslayo.

–Claro, Raúl. A ti se te da de maravilla meter bulla. –Si no confiara en esa capacidad innata que tienes, no te lo pediría.

Raúl no ha podido evitar sentir satisfacción. Además, a Mía no puede negarle nada. Porque está coladito aunque ella no le haga caso. Mía le gusta mucho. Más que mucho.

–Vale.

Mía le ha sonreído de aquella manera triste en que sonríe últimamente. Parece que se le esté olvidando sonreír. Y ha pensado que su plan empieza a funcionar.

Son más o menos las dos de la madrugada cuando la chica se acerca a su amigo y le susurra algo al oído. Él se levanta y se dirige a la puerta. Tres minutos después, llegan al interior los primeros gritos. Mía no pierde el tiempo. Sale y procura no llamar la atención. Escondida entre las sombras, pone toda su atención en el alboroto de gente que parece que está a punto de liarse a porrazos en la puerta del local. El policía del pendiente en la oreja, el que es clavado a Macaco y que se ha convertido en su sombra, está en medio del lío, intentando separar a los energúmenos que se pelean, con Raúl a la cabeza. En un momento dado, ha sacado la placa para imponer su autoridad. Está más que distraído y ella no desaprovecha la ocasión. Mía empieza a alejarse y para un taxi mientras comprueba que nadie la sigue. Da al taxista la dirección de su casa.

Sentada en el coche, cierra los ojos, pensando que, si ha llegado hasta allí, nada le impedirá llegar hasta el final.

Madrugada del sábado, 13 de abril de 2019

En casa de la inspectora Bermúdez.

Hace unos días que duerme mejor. Cuatro o cinco horas del tirón. Elena Bermúdez intuye que está haciendo las paces con su sobrino. También sabe que hasta que no tenga resuelto este caso no podrá acabar de pasar página. Le ha prometido a Pau que lo haría. Y lo hará.

Estaba soñando algo bonito. O eso le parece, porque no lo recuerda muy bien. Solo sabe que estaba en un lugar claro y luminoso y que ella no tenía prisa por marcharse. Y entonces ha sonado ese timbre fastidioso. ¿Formaba parte del sueño? El subconsciente le ha dicho que no. Que era el timbre del móvil, que siempre deja encendido sobre la mesilla de noche. Ha extendido el brazo derecho y ha oído algo que se rompía. Ha levantado la cabeza, ya más despierta.

–¡No, si me habré cargado el móvil! –exclama mientras tantea la mesilla en busca del aparato.

Cuando lo encuentra, respira. Hay cristales esparcidos por el suelo. Ha roto el vaso de agua que siempre deja a mano por si de noche le entra sed.

—Inspectora Bermúdez —responde con la voz pastosa todavía por el sueño.

—Sargento Macaco...

La inspectora levanta las cejas con un gesto de impaciencia. La ha despertado del todo y ahora está cabreada.

—Sargento Oliver, ¿cuántas veces tengo que decirle que debe identificarse por el nombre y no por el apodo?

—Es que nadie me conoce por mi nombre.

Se aclara la voz y murmura una disculpa.

—Sargento Marc Oliver al aparato, inspectora.

—¿Qué pasa? —pregunta ella mirando el reloj despertador que tiene sobre la mesa—. Las dos y media. No puede ser nada bueno.

—He perdido a la chica.

—¿¿¿Perdona???

Se oye un carraspeo. Macaco está cogiendo fuerzas.

—Ha habido una pelea en L'Ovella Negra, inspectora. He tenido que intervenir. Habrá sido en ese momento cuando...

—No sé de qué oveja me hablas, pero no puedo entender que ni siquiera podáis hacer bien un trabajo de vigilancia tan sencillo. ¡Que es una chica de dieciocho años y no un capo de la mafia, Macaco!

Se le ha escapado. Ahora es la inspectora quien carraspea.

—¿Dónde estás?

—Delante del local. No me he movido de aquí. He pedido refuerzos para que se llevaran a los alborotadores. Espero instrucciones suyas, inspectora.

—Bien. Bien...

Bermúdez pone la máquina de pensar a todo gas. Se le enciende una luz. Una idea. ¿O tal vez un presentimiento?

—Dígame, sargento, ¿qué día es hoy?

—Sábado, inspectora. Madrugada del sábado.

—¿De qué día?

—Del 13 de abril.

La inspectora piensa deprisa. El sábado, 30 de marzo, Aaron Drees se suicidó en un parque de Holanda. Su hermano Nye murió, al parecer, en un desgraciado accidente horas después. El sábado, 6 de abril, Greta es asesinada en un parque. Y hoy, sábado 13, Mía ha desaparecido. O, al menos, no saben dónde está. No está protegida. Es un blanco perfecto. Si alguien la está vigilando...

Traga saliva y endurece la voz.

—Ve a casa de la chica y comprueba si está allí, ¿entendido?

—Sí, señ...

La inspectora ha colgado.

No se detendrá hasta que no tenga la información que ha pedido al sargento. Debe tener todas las situaciones previstas. Ganar tiempo al tiempo. Por si pasa lo peor.

Sin soltar el móvil, se viste con una mano de cualquier manera. Se pone la pistolera e introduce el arma a la vez que marca el número de Grau.

Cuando el subinspector atiende el teléfono, se oye un ruido de mil demonios.

—Grau, deja enseguida ese escándalo que tienes ahí montado y vete cagando leches al parque de la Pegaso.

Cuelga.

Más vale que la haya oído.

Madrugada del sábado, 13 de abril de 2019

Tres y media de la madrugada.
Parque de la Pegaso. Mía.

Mía ha entrado en el piso sin hacer ruido, como un ladrón. Sin encender las luces, ha ido a su habitación. Antes de salir, había dejado sobre la cama la ropa que se iba a poner, la misma que llevaba una semana antes. La de aquella noche tan parecida a esta, si no fuera porque Greta aún estaba viva.

También ha dejado la rosa roja que ha comprado esa tarde. Se viste, coge la rosa y se dispone a salir. No se puede distraer. Cuando el poli se dé cuenta de que la ha perdido de vista, vendrá directo a casa. El estómago se le encoge. A lo mejor ya está en la calle, escondido en el coche. ¡Como siempre! Ojalá Raúl la haya liado bien parda.

Va a la sala de estar y mira por la ventana. El coche del poli no está. Lo sabe con seguridad. A estas alturas sería capaz de distinguirlo entre un millar. Vuelve a cerrar la ventana con cuidado y se dirige a la puerta de la calle. No ha encendido ninguna luz. La luna llena se ha puesto de su lado. La ha ayudado. Todo está saliendo según lo previsto.

Baja la escalera y sale a la calle. Por primera vez en una semana se siente libre, sin la sombra del policía pegada a la espalda.

Mía se encamina hacia el parque de la Pegaso.

Tiene una deuda con Greta.

Su corazón galopa desbocado cuando se adentra en el parque. Enfrentada a la oscuridad de las calles, que le han parecido más estrechas y tortuosas que nunca, ha ido muy atenta a los ruidos y a la gente con la que se cruzaba: una pareja de enamorados que se miraban a los ojos y un borracho que hablaba solo. Observa las sombras en las paredes. Está segura. No la sigue nadie.

Sin embargo, al entrar en el parque, baja la guardia sin darse cuenta. Empieza a repasar mentalmente las palabras que prepara desde hace días, las que tiene que decirle a Greta.

«Greta, he venido a despedirme. Sabes perfectamente que has sido más que una amiga para mí. Eres una hermana. Lo eres. Nadie ocupará nunca el lugar que has dejado vacío. Es imposible encontrar dos veces en una sola vida a una persona como tú».

Llora. Las piedras protestan bajos sus pies. Los pasos resuenan. Sus pasos y los de alguien más. Pero Mía no se da cuenta y sigue avanzando hacia el lago, completamente absorta en sus pensamientos.

«No he olvidado las últimas palabras que te dije. Nunca las olvidaré. Las llevaré clavadas en el corazón durante el resto de mi vida, pero...».

Ha llegado al pequeño lago. Busca con la mirada el lugar aproximado donde vio el cuerpo sin vida de Greta. Se acerca.

Las lágrimas se deslizan por su rostro. Su voz sale ahogada por el llanto. Hace un esfuerzo.

–... pero quiero que sepas que no pensaba lo que te dije. Fui una estúpida. Una estúpida. Solo estaba enfadada. Si pudiera dar marcha atrás... Greta, tú eres el adiós que jamás podré pronunciar.

Un ruido le hace darse la vuelta de golpe.

Ve una sombra detrás de ella.

Se le acerca.

El corazón se le acelera.

–¿Quién eres? ¿Qué quieres?

Madrugada del sábado, 13 de abril de 2019

Cuatro de la madrugada. Parque de la Pegaso.
Mía, la inspectora Bermúdez y una sombra.

La inspectora Bermúdez aparca el coche de cualquier manera sobre la acera y entra corriendo en el parque. De inmediato, acorta el paso. No puede hacer tanto ruido y, además, debe estar atenta al menor sonido que pueda indicar la presencia de alguien. Está segura de que Mía está cerca y corre peligro.

Ordena a su corazón que sosiegue los latidos desbocados. Se toca la pistolera bajo la camisa. Saca el arma. Con las dos manos, apunta al frente y avanza despacio, volviendo el cuerpo entero a derecha y a izquierda, obedeciendo a su mirada escrutadora que, no obstante, ignora la vegetación densa y silvestre de sauces llorones, álamos y chopos canadienses en la oscuridad, únicamente iluminados por el resplandor de la luna llena. También pasa por alto el canal que atraviesa el parque en diagonal y que fluye silente justo al lado, adornado por los puentecitos que permiten cruzar de orilla a orilla.

Cuando atraviesa la explanada custodiada por plátanos rodeados de alheñas, llega al sector del lago. La luz es hermosa. Mira a un lado y a otro. Se para a escuchar con la respiración entrecortada. Se orienta y avanza hacia el lugar donde hallaron el cadáver de aquella pobre chica. Hay algo en el suelo. Una mancha oscura. Casi resbala, pero no deja de mirar alrededor.

Una rosa roja.

—¿Mía?

Los nervios no la traicionan y su voz fluye, en apariencia, tranquila. Pero no obtiene respuesta. Se queda quieta. Escucha. Casi husmea el aire como un perro lebrel.

Y entonces oye un ruido. Como el roce de unas hojas.

La inspectora gira en redondo.

Los ve. Son dos figuras: una chica con un vestido negro y corto y otra encapuchada que parece empujarla. Se disponen a cruzar un puente.

—¡Alto!

Las dos figuras se detienen. La inspectora Bermúdez no mueve un solo músculo. Mía también se queda completamente quieta; parece una figura de cera, con los brazos caídos junto al cuerpo y la cara pálida. La figura del encapuchado permanece inmóvil detrás de ella y seguro que la apunta con un arma que la inspectora no ve. La mirada aterrorizada de Mía busca los ojos de la inspectora, que le devuelve un mensaje de calma: no te muevas, no hagas nada, respira con todo el sosiego que seas capaz.

El encapuchado mueve la mano casi imperceptiblemente. La inspectora sabe que, si ella dispara, podría herir a Mía. Intenta ayudarla de otra manera.

—Deja que la chica venga conmigo. No te pasará nada.

Ahora sí: la sombra amenazadora saca el brazo oculto tras

la espalda de Mía y el arma queda a la vista.

Dos disparos.

Uno procedía del arma del encapuchado, que en el último segundo se ha dado la vuelta alertado por un ruido a sus espaldas.

El segundo tiro provenía de la pistola de Álex Grau.

Dos disparos simultáneos.

Dos figuras se arquean hacia atrás y caen al suelo a la vez, como abatidas por un mismo rayo.

Mía echa a correr gritando y se resguarda en los brazos de Elena Bermúdez.

Madrugada del sábado, 13 de abril de 2019

Cinco de la madrugada. Parque de la Pegaso.
Inspectora Bermúdez, subinspector Grau,
Mía, policías, personal sanitario.

La inspectora Bermúdez no se ha movido del lado de Grau. En un primer instante, le ha hecho un torniquete en la pierna, que sangraba aparatosamente. Le habla sin cesar para que no pierda el conocimiento.

En pocos minutos, el parque se ha iluminado con las luces azules de la policía. Son los refuerzos pedidos por Grau antes de presentarse tan oportunamente en el parque. Luego han llegado las ambulancias. Ruido. Personal corriendo de acá para allá.

–¿Está muerto? –pregunta Mía a la inspectora, con la mirada fija sobre el cuerpo inerte del encapuchado. Y sin esperar respuesta, mira angustiada a Grau, que sigue sangrando profusamente–. ¿Se recuperará?

Los sanitarios se centran en atender al chico tendido en el suelo y al policía. Con una mirada, Bermúdez indica a una chica del Sistema de Emergencias Médicas que se ocupe de Mía.

–Ya ha pasado todo –le dice la joven sanitaria.

Tiene un rostro simpático y pecoso; la voz, tranquilizadora.

Mía la mira sin entender mucho quién es ni qué hace allí una chica con un chaleco reflectante. Ella la cubre con una manta térmica y se la lleva a un rincón más tranquilo. No la deja sola ni un momento.

–¿Te duele algo?

Mía dice que no con la cabeza.

–Enseguida te llevaremos al hospital para examinarte. Ya puedes estar tranquila.

Y le sonríe. Como si el mundo estuviera hecho de sonrisas.

–Ya ha pasado todo. Ya ha pasado todo –le vuelve a repetir.

Unos sanitarios avanzan delante de ellos transportando una camilla que introducen rápidamente y con cuidado en una de las ambulancias. Es el encapuchado, pero ahora lleva la cabeza descubierta. Mía no ha tenido tiempo de verle la cara. Sí que ha podido ver de reojo una cabellera larga y oscura y unos ojos obstinadamente cerrados.

Mientras la ambulancia arranca estrepitosamente, Mía se pregunta si aquel chico que ahora se debate entre la vida y la muerte es la persona que mató a Greta. Ella también estaría muerta si no llega a ser por la rápida intervención de Álex Grau. Lo están poniendo en una camilla. La inspectora no se separa de él. Tiene toda la ropa manchada de sangre.

Cuando la camilla con el subinspector pasa frente a ella, Mía repara en que está consciente. El joven policía vuelve la cabeza hacia ella haciendo un esfuerzo y le guiña un ojo. A Mía le gustaría sonreírle para darle ánimos; pero ha olvidado cómo hacerlo.

Al notar el peso de una mano en la espalda, da un respingo. Es la inspectora.

–Tranquila. Ya ha pasado el peligro –le dice. Y sonríe un poco.

Mía piensa que nunca la había visto sonreír.

–Ya está. Ya está –susurra la policía casi maternalmente.

Y Mía se echa a llorar. Con sentimiento, con un llanto entrecortado. Ruidosamente. Su pecho se mueve al ritmo de los sollozos. Como si el dolor de todo lo que ha pasado se hubiera apoderado de su última célula.

Elena Bermúdez la deja desahogarse sin moverse de su lado.

–¿Por qué? –pregunta por fin la chica, sorbiendo los mocos, secándose los ojos con el puño.

–Pronto lo sabremos. El que te ha atacado no está tan grave como parece. Y es la clave de todo. Él tiene las respuestas que nos faltan –contesta la inspectora.

Y en sus adentros, la seguridad de su intuición, la historia que ella misma elaboró para explicarse aquellos crímenes, empieza a ser una certeza.

–Te aseguro que sabremos quién mató a Greta y al chico holandés, y por qué –dice afirmando con la cabeza.

La chica del Servicio de Emergencias, atendiendo a la orden de un compañero, conduce a Mía hacia la ambulancia. Ella se deja llevar. Pero, antes de subir, se vuelve hacia la inspectora.

–¿Quieres que te acompañe? –le pregunta la mujer.

–Sí. Por favor.

Con la camiseta y los pantalones manchados de sangre, aunque con un gesto relajado, Elena Bermúdez asiente y sube a la ambulancia, que arranca rompiendo el silencio de la madrugada con su impertinente sirena.

Un mes después. Mediados de mayo de 2019

En una sala de música alternativa del Raval.
Tocan Álex y su banda. Mía.
Elena Bermúdez.

En la sala La Alternativa, en la rambla del Raval, hay concierto esta noche de viernes. Tocan los Dead Petals. Ya no cabe ni una mosca.

El grupo aún no tiene mucha experiencia en conciertos, pero gusta. Tienen un aire agresivo; las letras son directas, llegan. Después de unos primeros temas algo vacilantes, la banda coge fuerza y se envalentona. Sobre todo cuando el guitarrista, un joven rapado que se mueve con dificultad sobre el escenario porque al parecer cojea, hace unos *riffs* con ascensos y descensos complejos y unos punteos que arrancan el entusiasmo de un público cada vez más entregado, que salta y grita con los músicos.

Mía también salta, baila y grita entre el público. Álex Grau le envió la información del concierto y no se lo ha querido perder. Ha ido con sus amigos de la facultad, que no acaban de creerse que aquel guitarrista agresivo es poli.

Se lo ha dicho Mía antes de empezar el concierto, medio enfadada porque sus amigos no la creían.

–Un poli bueno.

Raúl bromea.

–No será como ese que se parece a Macaco y que quería enchironarme aquella noche en L'Ovella Negra, ¿no?

Mía siente un escalofrío. Aquella noche pasaron muchas cosas. Todavía le cuesta recordarlo todo y, durante unos instantes, pierde la alegría que la ha llevado a la sala a disfrutar del concierto. Es una reacción momentánea, que se deshace como una nube en cuanto vuelve a dejarse llevar por la explosión de sonido, de vida.

Y es que la vida continúa, piensa Elena Bermúdez, camuflada en un rincón con una bebida en las manos. Ni bajo tortura reconocería que ha asistido a un concierto de Grau.

–Sí, hombre. ¿Qué quieres, destrozarme los tímpanos? –le dijo cuando la invitó.

Pero tenía mucha curiosidad. Y ha ido de extranjis. Ha visto a Mía entrar sonriente y feliz con un grupo de jóvenes. Y se ha alegrado.

Pobre chica, la otra, piensa. Y su alegría se disuelve un poco, como el líquido que contiene su vaso bajo el efecto de los cubitos de hielo. Murió porque se cruzó en la vida de otra persona en el momento más inoportuno. En la vida de Nye Drees. Un buen chico. Un chico sin suerte. La preocupación por su hermano lo convirtió en víctima también a él. Alguien lo atropelló en Ámsterdam, igual que alguien mató a Greta e intentó poner fin a la vida de Mía en Barcelona. Sus jóvenes vidas fueron la clave para descubrir que detrás de aquel juego perverso, *El canto del cisne*, estaba la mente de un psicópata que se creía con el derecho divino de decidir sobre la vida y la muerte. Un joven desarraigado e inadaptado que utilizaba a sus acólitos esparcidos por el planeta para deshacerse de testimonios molestos, como Nye, o simplemente de aquellos que creía que sabían demasiado, como Greta y Mía. A cambio de sus servicios, él los liberaba de la última prueba, la definitiva: su propio suicidio. Los permitía seguir viviendo. Sí, era un loco fuera de control. Como la mayoría de locos peligrosos que han infectado el mundo, este también estaba dotado de un gran poder de persuasión que ponía en práctica en las redes. Un don natural para arrastrar y convencer. Una mente al servicio del mal.

Por fin habían conseguido detenerlo y, con esto, la cadena del mal quedó interrumpida. La inspectora niega con la cabeza. Al fin y al cabo, piensa, no era más que otra secta. Más poderosa que las de antes, porque se valía del poder de las redes para captar a víctimas de todo el mundo. Víctimas como Aaron, un chico frágil y solitario que fue superando una prueba tras otra de aquel juego infernal mientras dibujaba cisnes.

A la inspectora le ha entrado dolor de cabeza.

—No sé cómo aguantan este ruido —se dice.

Y sale del local.

Mientras camina calle abajo, piensa en Mía. Lo superará. De hecho, ya lo está superando. Ha estado a punto de correr la misma suerte que Greta. Habría muerto por nada. Simplemente, porque alguien creía que sabía mucho más de lo que sabía en realidad.

También piensa en Álex. El subinspector llegará lejos. Es valiente y decidido. Tiene todas las virtudes que debe tener un policía de verdad. Se siente orgullosa de él. De ser su jefa. Si aquella bala hubiera alcanzado un órgano vital... No.

No hay que pensar en lo que podría haber pasado, sino en lo que ha pasado. Grau está bien; recuperará la movilidad total de la pierna y seguirá siendo un gran policía. Y un músico infernal.

El último pensamiento es para Pau. Ha hecho las paces con su sobrino. Cuando el caso estuvo definitivamente cerrado y el loco fue detenido y encarcelado en Holanda, Elena fue al cementerio a visitar su tumba. Era la primera vez que lo hacía en casi veinte años. ¡Cuánta paciencia ha tenido Pau! Estuvo mucho rato. Tenía muchas cosas que contar a su sobrino. Hacía demasiado tiempo que no charlaban.

Ahora que lo piensa, tal vez a Pau le gustaría esa terrible música que toca Grau. Se lo preguntará la próxima vez que vaya a verlo.

Índice

Núria Pradas

Núria Pradas Andreu nació en el barrio barcelonés del Poble Nou. Es licenciada en Filología Catalana por la Universidad de Barcelona. Durante años, fue profesora de Lengua y Literatura Catalana en educación secundaria y bachillerato. Dejó su labor pedagógica hace unos años para dedicarse a escribir de manera exclusiva.

Ha publicado unos sesenta libros de narrativa infantil y juvenil y, también, narrativa para adultos.

Ha ganado diversos premios, entre los que destacan el Premio Carlemany por *Sota el mateix cel* (2012) y el Premio Ramon Llull de les Lletres Catalanes por *Tota una vida per recordar* (2020).

Bambú Grandes lectores